Rinus Ritter

Sein und Schein

Geschichte einer besonderen Beziehung

Bibliographische Information der Deutschen Nationalbibliothek: Die Deutsche Nationalbibliothek verzeichnet diese Publikation in der Deutschen Nationalbibliographie; detaillierte bibliographische Daten sind im Internet über dnb.dnb.de abrufbar.

© 2024 Rinus Ritter
Umschlaggestaltung und Verlag: BoD-Books on Demand GmbH, In de Tarpen 42, 22848 Norderstedt
Druck: Libri Plureos GmbH, Friedensallee 273, 22763 Hamburg

ISBN: 978-3-7597-7385-2

Zwischen Sein und Schein
bleiben wir allein

In

Kinder stellen Fragen, sobald sie sprechen können. Es dauert nicht lange und es sind jene Fragen, die mit „Warum" beginnen: „Warum ist das Wasser kalt?" oder „Warum ist der Himmel blau?" Aufgeweckte Kinder neigen dazu, sich mit einer ersten Antwort, die sie zu hören bekommen, nicht zufrieden zu geben und stellen sie mit dem nächsten „Warum" sofort wieder in Frage. Für manche Eltern läuft da eine Schallplatte mit Sprung ab. Selbst, wenn eine befragte Mutter, ein gequälter Vater beim blauen Himmel beispielsweise antwortet: „Ich weiß es nicht", lautet die nächste Frage: „Warum weißt du das nicht?" So mancher Elternteil kann das ständige Weiterbohren eines Kindes nur dadurch beenden, indem dem Kind gesagt wird: „Jetzt reicht es." Nicht wenige Eltern haben danach kein gutes Gefühl.

Darüber hat ein jüngeres Ehepaar bei unserem letzten in unregelmäßigen Abständen stattfindenden Treffen befreundeter Ehepaare berichtet. Dessen fünfjähriger Sohn ist ein solcher Fragesteller. Nachdem das Thema der „Warum"-Fragen in unserem Kreis angestoßen war, ist ein immer lebhafteres Gespräch entstanden. Es ist darum gegangen, wie sinnvoll Fragen nach dem „Warum" sind. Und wo man, wenn die Schallplatte nicht anzuhalten ist, mit diesen Fragen landen kann. Georg, der wie mein Mann Robert Naturwissenschaftler ist, hat dazu eine reizende Geschichte erzählt. Nachdem einem

Vater mit Kenntnissen aus der Physik ein Teller aus der Hand gefallen und zerschellt ist, hat sein aufgewecktes Töchterchen gefragt: „Warum ist der Teller heruntergefallen?" Seine Antwort, weil er von der Erde angezogen wird, hat seinem Töchterchen natürlich nicht gereicht. „Warum wird der Teller von der Erde angezogen?" Das Wechselspiel von Warum-Fragen und Antworten, das sich jetzt entwickelt und immer mehr ausgedehnt hat, hat Georg nicht mehr in allen Einzelheiten erzählt; ich habe mir die ganze Geschichte später von ihm geben lassen. Wer sie nachlesen möchte, findet sie im Anhang. Bei unserem Treffen hat er nur so viel berichtet: Über Einstein und das ungelöste Problem der Gravitation seien die beiden schließlich beim Urknall gelandet. Die letzten Warumfragen des Töchterchens hat er genauer geschildert: „Warum hat es den Urknall gegeben?" Die Antwort des mittlerweile gehörig ins Schwitzen geratenen Vaters hätte gelautet: „Weil es die Naturgesetze gibt." „Und warum gibt es die Naturgesetze?" Der verzweifelte Vater wäre am Ende seines Lateins angelangt und hätte nur noch sagen können: „Die hat der liebe Gott gemacht." Wie hat sein Töchterchen auf diese Antwort reagiert? „Der liebe Gott ist also schuld daran, dass unser Teller kaputt gegangen ist!"

Nach allgemeiner Erheiterung hat Elke gemeint: „Da kann man wieder mal sehen, was Kinder eigentlich wissen wollen! Jenes Töchterchen wollte doch nur wissen, wer die Schuld an dem kaputten Teller zu tragen hat." Jetzt hat Robert sich in die

Diskussion eingeschaltet. Warum-Fragen, hat er gemeint, könnten letzten Endes gar nicht beantwortet werden, meint er, Naturwissenschaftler wüssten das. Sie würden stattdessen Wie-Fragen stellen. „Dass ein Stein fallen kann, weiß jeder. Wie ein Stein fällt, das kann der Naturwissenschaftler ganz genau beantworten. Doch warum ein Stein fällt, das weiß keiner." Warum-Fragen würden letztlich ins Nirgendwo führen. Jetzt ist die Diskussion richtig lebhaft geworden. Warum-Fragen gäbe es doch ständig im Leben, hat Petra gemeint: „Warum gefällt mir dieser Song und jener nicht? Warum ist dir, Günter, der Autounfall nicht erspart worden? Warum regnet es immer dann, wenn wir in den Urlaub fahren wollen?" Ich habe mich eingemischt. „Besondere Religiosität oder Gläubigkeit könnt ihr mir bestimmt nicht nachsagen. Deshalb erlaube ich mir, die Frage aller Fragen zu stellen: Gibt es Gott, und wenn ja, warum? Ich denke, diese Frage gehört auch zu denen, auf die es keine Antwort gibt." „Oder nur von jemandem, der von vornherein an die Existenz Gottes glaubt", meint Günter. Wie schon oft haben wir auch für dieses Treffen ein Thema gefunden. Bald stellt sich heraus, dass es außerhalb der Naturwissenschaften eine unglaubliche Anzahl von Warum-Fragen gibt, die von den Einen als sinnlos bezeichnet werden, weil sie nicht zu beantworten sind, von den Anderen aber als sinnvoll erklärt werden, weil sie zum Nachdenken anregen.

An viele bei diesem Treffen genannte oft auch lustige Beiträge zu diesen Warum-Fragen kann ich mich gar nicht mehr erinnern. Zwei von Elke genannte Fragenbeispiele höre ich jedoch immer noch, denn sie haben mich sehr getroffen: Warum sieht ein Kind so anders aus als seine Eltern? Warum verhält sich ein Kind so anders als alle anderen Familienangehörigen? Über diese beiden Fragen ist die Diskussion dann beim Thema Familiengeheimnisse angekommen, ein Thema, das unser Treffen noch eine Weile beschäftigt hat. Doch an dieser Diskussion haben Robert und ich nicht mehr teilgenommen.

Zuhause haben wir über das Ende dieses Treffens nachgedacht, als über das Thema Familiengeheimnisse gesprochen worden ist. Wenn man sich wie wir in unserer Gruppe gut genug kennt, kann es leicht passieren, etwas von dem einen oder anderen Familiengeheimnis zu erfahren. Ich hoffe nur, dass Roberts und mein Schweigen bei diesem Thema nicht sonderlich aufgefallen ist. Denn wir sind Betroffene. Unsere Familie lebt schon seit vielen Jahren mit einem solchen Geheimnis! Robert hat gemeint, er wäre ganz zufrieden mit dem Verlauf des Treffens und hat mir eine gute Nacht gewünscht. Ich kann jedoch nicht so schnell einschlafen – wie schon an manchem Abend der letzten Zeit. Ich muss daran denken, wie wir bislang mit unserem Geheimnis umgegangen sind. Niemand unserer Bekannten und Freunde, niemand aus der Verwandtschaft weiß davon. Denn es ist ein Geheimnis, das Robert und mich ins gesellschaftliche Abseits schleudern würde, wenn es bekannt wird. Allein unseren erwachsenen Töchtern haben wir es vor kurzem mitteilen müssen, unserem Sohn jedoch noch nicht. Die Gespräche mit unseren Töchtern hallen in meinem Kopf und in meinem Herzen immer noch nach. Wie schon häufig in den letzten Monaten gehen auch jetzt meine Gedanken wieder weit zurück in jene Zeit, in der unser Geheimnis entstanden ist. Und in jene Zeit vor achtundzwanzig Jahren, in der Robert und ich uns kennen gelernt haben. Mit dem Gefühl des Erinnerns an jene unbeschwert glückliche Zeit kann ich endlich einschlafen.

Teil I

Sein

1

Mit meiner älteren Schwester zusammen bin ich in einer ruhigen Kleinstadt aufgewachsen. Wir Kinder haben uns ziemlich gut verstanden, mit unseren Eltern im Lauf der Jahre jedoch immer weniger. Ich bin jetzt achtzehn Jahre alt und glaube nicht mehr an eine Verbesserung der Beziehungen in unserer Familie. Ich habe ein Problem mit meinen Eltern, weil ich als nachdenkliches und kritisches Mädchen so einiges an ihrem Verhalten nicht billigen kann, meine Schwester hat Ärger mit ihnen, weil es zwischen ihr und den Eltern wegen eines jungen Mannes, der den Eltern nicht gepasst hat, Krach gegeben hat. Am Tag, als ich achtzehn geworden bin, haben die Eltern zu meiner Schwester und mir gesagt: „Ihr Mädchen seid jetzt alt genug. Wir wollen uns nicht mehr in eure Angelegenheiten einmischen. Ihr könnt tun, was ihr wollt." Meine Schwester, die wir ich die Realschule besucht hat, hat ihre Ausbildung längst beendet, wohnt aber noch gegen Kostgeld in unserem großen Haus. Ich befinde mich in einer Ausbildung zur Arzthelferin oder medizinischen Fachangestellten, wie das neuerdings heißt.

In meinem Leben ist bislang noch nichts Besonderes passiert. Es plätschert beschaulich vor sich hin. Junge Burschen haben mich bislang nur mäßig interessiert. Vor kurzem habe ich die Freundschaft mit einem Jungen aus meiner Nachbarschaft beendet; wir passen einfach nicht zusammen. Ich bin gerade solo, als meine Schwester mir einen Vorschlag unterbreitet. Sie hat einen Studenten aus einer weiter entfernten Universitäts- stadt kennen gelernt, der sie mit seinem Moped inzwischen schon zweimal besucht hat. Beim letzten Besuch hat der meine Schwester gefragt, ob wir beide nicht Lust hätten, an einem Wochenende einen Ausflug dorthin zu machen. Das Studen- tenleben in einer Universitätsstadt sei bestimmt interessanter als das eher eintönige Leben in einer Kleinstadt. In einer zweigeteilten Studentenbude würde er zusammen mit einem jüngeren Kommilitonen wohnen, der zur Zeit auch solo sei. Zuerst hat mich ein solcher Besuch nicht sonderlich gereizt, daher bin ich reserviert gewesen: was will ich als Begleitung meiner Schwester in einer fremden Stadt? Noch dazu als drittes Rad am Wagen? Nachdem in der Universitätsstadt eine preiswerte Unterkunft für meine Schwester und mich gefunden ist, bin ich bereit gewesen, mich auf einen solchen Besuch einzulassen. Eine mir noch unbekannte Universitätsstadt und das Studentenleben dort kennen zu lernen hat mich jedenfalls mehr gereizt, als zuhause zu sitzen und über mein langweiliges Dasein nachzusinnen.

Als wir am Freitagabend am Bahnhof der Universitätsstadt ankommen, sind wir abgeholt worden. Meine Schwester und ihr Freund haben sich zur Begrüßung umarmt, ich dagegen habe daneben gestanden und bestimmt wie ‚Pik sieben von der Wohlfahrt' aus der Wäsche geguckt. Was mich getröstet hat: der Kommilitone des Freundes meiner Schwester sieht netter aus, als ich gedacht habe; er scheint aber ziemlich zurückhaltend zu sein. Nachdem wir einander vorgestellt worden sind, sind wir als Erstes zu unserer Unterkunft gegangen und haben unser Zimmer bezogen. Danach ist noch genügend Zeit zum Besuch der gemeinsamen Studentenbude gewesen. Diese Bude besteht aus zwei echt kleinen Mansardenzimmerchen unter einem Spitzdach, durch einen offenen Durchgang miteinander verbunden. Beide, der Freund meiner Schwester und dessen junger Kommilitone haben alles für einen Imbiss vorbereitet. Es ist schon dunkler geworden, als wir dort angekommen sind. Während meine Schwester und ihr Freund sich schon angeregt unterhalten konnten, haben Robert und ich noch nicht gewusst, worüber wir reden könnten. Bei der Zubereitung und dem Verzehr des Imbiss werden Robert und ich immer mehr in die Unterhaltung zwischen meiner Schwester und ihrem Freund einbezogen. Vielleicht entwickelt sich dieser Besuch besser als ich gedacht habe, vielleicht könnte mir dieser Besuch doch noch gefallen. Nach dem Ende des Imbiss, dem schnellen Aufräumen und dem Anzünden zweier Kerzen wird die Stimmung bald gemütlicher und gelöster. Der Freund meiner Schwester hat begonnen, Geschichten rund um sein schon fortgeschrittenes Studium zum Besten zu geben. Er kann gut erzählen, wir haben öfter gelacht. Nach einer Weile hat auch Robert sich gefordert gefühlt. Bald zeigt sich, dass er ebenfalls recht lebendig erzählen kann. Ich höre ihm gern zu. Beide, Robert und der Freund meiner Schwester studieren Geologie, Robert ist Studienanfänger, der Freund meiner Schwester befindet sich schon in einem höheren Semester. Sie können viel Interessantes aus der aktuellen Beschaffenheit, der Vergangenheit und der Zukunft unseres Planeten sowohl an dessen Oberfläche wie auch in dessen Tiefe mitteilen. Als sie bei der Schilderung besonderer Vorkommnisse in Vorlesungen angelangt sind, ist Robert endgültig aufgetaut. Bei einer längeren Geschichte, die er zu erzählen hat, zeigt sich, dass er zu großer Form auflaufen kann.

Zum Beginn des Geologiestudiums gehört die Anfängervorlesung in anorganischer Chemie. Robert berichtet von einer Schau. Die er dort vor kurzem erlebt hat. „Habe ich dir noch gar nicht erzählt", hat er an seinen Mitbewohner gewandt gesagt. Der Professor sei mit einer roten Rose in die Vorlesung

gekommen, die er demonstrativ auf das breite Experimentier-
pult abgelegt hat. Das hat schon zu einer ersten Neugier und
Unruhe unter den Zuhörern geführt. Dann hat er auf ein
größeres Dewar-Gefäß hingewiesen, aus dem ein niedriger
Dampfnebel herauswaberte. „Was ist ein Dewar-Gefäß?" habe
ich gefragt. Das sei so etwas Ähnliches wie eine Thermoskanne,
nur erheblich größer, hat Robert erklärt und dann weiter
berichtet. In dem Gefäß befinde sich flüssige Luft, hat der
Professor mitgeteilt. „Die Luft wird bei minus 195 Grad Celsius
flüssig. Wenn Sie wissen wollen, wie man Luft verflüssigen
kann, dann schauen Sie in Ihrem Chemiebuch beim Thema
Linde-Verfahren nach. Ich möchte Ihnen jetzt vorführen, was
minus 195 Grad Celsius bedeuten. Dazu benötige ich die Rose,
die ich mitgebracht habe. Die werden ich nach diesem
Experiment allerdings keiner der anwesenden Damen mehr
überreichen können." Robert hat seinen Bericht unterbrochen
und dazu gemeint, der Dozent sei bekannt dafür, seine
Vorlesungen mit mehr oder weniger versteckten kleinen
Spitzen gegen die anwesenden Studentinnen zu würzen. Er hat
uns jedoch nicht lange im Unklaren gelassen, wozu er die Rose
mitgebracht hat. Er hat sie kopfüber in das Dewar-Gefäß mit
der flüssigen Luft getaucht. Nach vielleicht sechs Sekunden hat
er sie herausgezogen, hoch gehoben und mit einer theatralischen Geste auf die Keramikfliesen des Experimentierpultes
fallen lassen. Dort ist sie mit einem knackenden Geräusch in
viele Stücke zersprungen. Nachdem die Überraschung im

Publikum sich gelegt hat, hat sein wenig charmanter Kommentar gelautet: „Da liegt sie nun, die spröde Schöne!" Für solche Sprüche sei der Dozent bekannt, sagt Robert.

„Jetzt aber zu Ihnen, meine Herren", hat er seine Vorlesung fortgesetzt. „Wie man allenthalben zu hören bekommt, sind Sie ja so mutig. Wie wäre es, einer von Ihnen kommt zu mir und stellt sich für ein Experiment zur Verfügung. Es geht darum, die Hand in die extrem kalte Flüssigkeit im Dewar-Gefäß einzutauchen. Ich versichere demjenigen, der zu mir kommt, ihm wird nichts passieren." Allgemeines Raunen im Hörsaal; keiner meldet sich. „Meine Herren, ich hoffe, Ihnen ist klar, Sie befinden sich hier in einer experimentellen Vorlesung. Nur durch das Experiment können Erfahrungen gemacht werden. Also nochmal: Wer von Ihnen stellt sich für dieses Experiment zur Verfügung?" Immer noch meldet sich keiner. „Meine Damen, es ist zur Verzweifeln. Wenn keiner der Herren will, muss ich mich an Sie wenden. Ist unter Ihnen jemand, der den Herren, die sich ansonsten gern mutig präsentieren, zeigt, was wahrer Mut ist?" Aber auch bei ihnen hat er kein Glück. „Wenn das so ist, muss ich mich selbst für dieses Experiment zur Verfügung stellen", hat er gesagt. Und dann hat er seine Hand mit einer erneut theatralischen Geste für einige Sekunden in die flüssige Luft getaucht. Dabei hat er berichtet, welches angenehm kribbelnde Gefühl er verspüren würde. Nachdem er seine Hand wieder herausgezogen hat, hat er gezeigt, dass sie unbeschädigt und voll funktionsfähig geblieben ist, indem er sie kräftig auf die Keramikfliesen geklatscht hat. Im Hörsaal ist es richtig laut geworden. „Sie staunen, wie das möglich ist? Erst die tiefgefrorenen Rose, die in viele Teile zersplittert ist, und dann meine Hand, die völlig unbeschädigt bleibt und noch nicht einmal eine Frostbeule hat! Sie fragen sich, wie das zu erklären ist? Hat einer von Ihnen eine Idee?" Natürlich hat keiner von uns Anfängern eine Idee.

Der Professor sei bekannt dafür, hat Robert weiter berichtet, gern von Erfahrungen aus seiner eigenen Studienzeit zu erzählen. So auch in dieser Vorlesung. „Vielleicht kommen Sie darauf, wenn ich Ihnen berichte, was ich als junger Student früher in der physikalischen Anfängervorlesung zu einer Zeit gesehen habe, als man sich nach dem Krieg als Dozent noch mit einfachen Hilfsmitteln begnügen musste, als ein Experiment wie das, was Sie gerade gesehen haben, noch nicht möglich gewesen ist, als Experimente deshalb für den Dozenten wie für die Studenten oft noch ein richtiges Abenteuer gewesen sind. Dort ist von einem jungen Helfer ein mit Wasser gefüllte großer Glasbecher auf einen Dreifuß über eine laut brennende Bunsenflamme gestellt und erhitzt worden. Nicht lange und das Wasser ist ins kräftige Sieden gekommen. Ein eingetauchtes Schauthermometer hat wie erwartet hundert Grad angezeigt. Der Dozent hat das Thermometer herausgenommen und eine Fünfmarkmünze in das siedende Wasser geworfen. Dann hat er seinem Helfer gesagt, er dürfe das Geldstück behalten, wenn er es aus dem Becher mit dem siedenden Wasser herausholt. Ich sollte erwähnen, dass ein Fünfmarkstück damals nach dem Krieg viel Geld für einen jungen Burschen gewesen ist. Der junge Helfer ist dafür bekannt gewesen, zu seinem Chef unbedingtes Vertrauen zu haben. Jetzt allerdings hat er Bedenken. Das Wasser sei doch viel zu heiß, hat er gesagt und dabei nach den fünf Mark geschielt. Die fünf Mark gehören mir, wenn ich sie heraushole? hat er gefragt. Ja! Dir wird nichts geschehen, du musst deine Hand nur schnell genug wieder herausziehen. Wirklich, mir wird nichts passieren? Nein, du musst nur ganz fix zugreifen. Vertrauensvoll, wie der junge Bursche gewesen ist, hat er hineingefasst, hat die Münze aber nicht erwischt. Bevor der Dozent es hat verhindern können, hat er erneut hineingegriffen, sich dann allerdings die Hand verbrannt. Natürlich hat das zu einem ziemlichen Aufstand geführt, noch Wochen später hat der junge Helfer seine umwickelte Hand in der Anfängervorlesung als stillen Protest gezeigt. Meine Damen und Herren! Wissen Sie jetzt, worum es hier geht?" Mit dieser Frage hat der Professor seinen längeren Ausflug in die Geschichte beendet.

Immer noch hat keiner im Auditorium eine Ahnung davon gehabt, was hier geschehen ist. „Was Sie eben bei mir gesehen haben, und was ich Ihnen von einer Vorlesung aus meiner Studentenzeit vor vielen Jahren berichtet habe, sind Beispiele für das sogenannte Leidenfrost'sche Phänomen. Flüssigkeiten, die sieden – und die Flüssigkeit im Dewar-Gefäß ist eine solche siedende Flüssigkeit – umgeben die eingetauchte Hand mit einer dünnen Dampfschicht, die sie für kurze Zeit von der Flüssigkeit isoliert und einen Wärmeaustausch verhindert. Nur für kurze Zeit, das ist wichtig! Deshalb passiert nichts. Wie ist das jetzt, traut sich einer von Ihnen, seine Hand in das Dewar-Gefäß einzutauchen?" Robert hat berichtet, wie er sich als einer der Ersten gemeldet hat, nach vorne zitiert worden ist und seine Hand für wenige Sekunden eingetaucht hat. Dabei habe er schon ein merkwürdiges Kribbeln verspürt! „Bei flüssiger Luft können Sie Ihre Hand mehrmals hintereinander für kurze Zeit eintauchen. Irgendwelche Reste der flüssigen Luft verdampfen nach dem Herausziehen sofort, denn die Hand und die Umgebung sind ja sehr viel wärmer. Beim siedenden Wasser, von dem ich eben berichtet habe, ist das jedoch anders. Tauchen Sie niemals eine feuchte Hand in siedendes Wasser! Feuchtigkeit leitet die Wärme sehr gut, Ihre Haut wird sofort verbrannt."

Nach Roberts langer Geschichte haben wir noch eine Weile über die Möglichkeit diskutiert, eine trockene Hand für kurze Zeit in siedendes Wasser eintauchen zu können. Mit dieser und einigen anderen Geschichten aus dem Unialltag ist der Abend wie im Fluge vergangen. Während meine Schwester nur Augen für ihren Freund hatte, habe ich Robert studieren können; was ich gehört und gesehen habe, hat mir gut gefallen. Für den nächsten Tag, den Samstag, haben wir uns zu einer längeren Besichtigungstour durch die Universitätsstadt verabredet. Diese Stadt hat eine noch gut erhaltene Innenstadt mit Fußgängerzone, mit einigen mittelalterlichen Häusern und Straßenzügen sowie einigen urigen Kneipen. Nach dem Besuch der Mensa, des geologischen Instituts und der Vesper in einer der Kneipen haben wir uns für den Abend wieder in der gemeinsamen Studentenbude verabredet und uns mit einem kleinen Spirituosenvorrat eingedeckt. Wie Robert mir unterwegs gesagt hat, wäre die Vermieterin der beiden Mansardenzimmerchen eine ältere und mütterliche Dame, der es reichen würde, die Besucher „ihrer" Studenten gesehen zu haben und sich darauf verlassen zu können, dass es nicht zu laut wird.

Am Abend zeigt sich, dass meine Schwester diesen Besuch hauptsächlich deswegen unternommen hat, um ihren Freund zu treffen. Nach einem kurzen Umtrunk hat sie sich mit ihm in dessen Teilzimmer zurückgezogen. Ich bin mit Robert in dessen Teilzimmer geblieben und habe mich an der Vernichtung der Reste des kleinen Spirituosenvorrats beteiligt. Während unsere bisher schon gute Stimmung immer freier und lustiger geworden ist, haben wir aus dem Nebenzimmer Geräusche vernommen, die seltsamerweise bei keinem von uns beiden Verlegenheit ausgelöst haben. Im Gegenteil, ich habe vorher noch nie erlebt, einem kleinen Abenteuer so wenig abgeneigt zu sein wie jetzt. Meine Schwester und ihr Freund haben sich durch den offenen Durchgang zwischen beiden Zimmern offenbar nicht gestört gefühlt. Robert und ich haben uns angesehen – und dann gedacht, das können wir auch. Nach einem ersten zögerlichen Kuss hat es nicht lange gedauert, bis wir einen immer größeren Spaß am Küssen entdeckt haben. Und dann haben wir uns auf seinem Nachtlager wieder- gefunden, versunken in eine Kussorgie, wie ich sie noch nie erlebt habe! „Mein Gott, was kannst du küssen", hat Robert mir schwer atmend in mein Ohr geflüstert. Nach der Enttäuschung mit meinem Freund habe ich plötzlich einen solchen Heiß- hunger nach Küssen verspürt! Robert ist jemand, der mir gefällt, und der bereit ist, mitzuspielen, ohne gleich auf eine unangenehme Weise zudringlich zu werden. Nach einer Weile ist er mir sogar zu zurückhaltend. Deshalb habe ich vorsichtig versucht, ihn ein wenig zu verführen. Während unserer Küsse habe ich seine Hand genommen und auf eine meiner Brüste gelegt. Es hat sich so schön angefühlt, wenn er mich auf seine vorsichtige Art gestreichelt hat! Seltsam: zum ersten Mal in meinem Leben habe ich mir vorstellen können, die Nacht mit ihm, die erste Nacht mit einem jungen Mann zu verbringen! Doch bevor meine Gefühle mit mir durchgegangen sind, was mir bei der Nähe meiner Schwester und ihres Freundes echt unangenehm gewesen wäre, habe ich mich aufgerichtet und meine Schwester gefragt, ob es nicht Zeit wäre, bald unser Übernachtungsquartier aufzusuchen. Für den nächsten Tag, den Sonntag, haben wir uns zu einem Spaziergang um einen in der Nähe der Stadt gelegenen See mit abschließendem Restaurantbesuch verabredet, bevor es am Nachmittag an die Rückfahrt nach Hause gegangen ist.

Bei diesem Spaziergang sind Robert und ich ein Stück hinter meiner Schwester und ihrem Freund gegangen. Ich habe einiges über Robert wissen wollen. Denn ich glaube, ich habe mich ein wenig verliebt in ihn. „Robert, wie alt bist du?" „Ich bin neunzehn, und du?" „Ich bin achtzehn." „Was machst du gerade?" „Ich stecke in der Ausbildung zur Arzthelferin." Nach einer Pause habe ich ihn gefragt, ob er eine Freundin hat. „Hier an meinem Studienort habe ich keine Freundin. Am weit entfernten früheren Wohnort meiner Eltern habe ich eine kleine Freundin aus meiner Schulzeit zurückgelassen, die ich aber nicht mehr sehen kann. Der Briefkontakt zu ihr ist praktisch eingeschlafen. Wie ist das bei dir? Hast du einen Freund?" „Bis vor kurzem hatte ich von meiner Tanzstundenzeit her einen Freund, doch ich habe mich von ihm getrennt." „Warum?" „Weil er sich immer weniger für mich und immer mehr für andere Mädchen interessiert hat. Vor allem für solche Mädchen, mit denen ich nichts zu tun haben möchte." „Dann haben wir beide zur Zeit niemanden, an dem unser Herz hängt", hat Robert fröhlich gemeint und meine Hand ergriffen. Während des ganzen weiteren Spaziergangs hat er sie nicht mehr losgelassen. Wenn ich ehrlich bin, hat mir das sehr gefallen. Überhaupt hat mir dieser Wochenendausflug immer besser gefallen. Als ich an seine Küsse gestern Abend gedacht habe, habe ich seine Hand drücken müssen.

2

Schon während der Zugfahrt nach Hause, erst recht am Abend vor dem Einschlafen habe ich lange über das vergangene Abenteuer nachdenken müssen. Mit mir ist etwas geschehen, was ich bislang nicht für möglich gehalten habe. Ich habe einen mir bis vorgestern unbekannten jungen Mann geküsst, und zwar in einer Weise, die ihm sofort verraten hat, wozu ich bereit gewesen bin. Ich hätte nie gedacht, dass mir so etwas passieren könnte! Und dass dieser junge Mann die sich ihm gebotene Gelegenheit nicht ausgenutzt hat, hätte ich nach den Erfahrungen mit meinem Ex-Freund auch nicht gedacht. Robert ist so anders als die jungen Burschen, denen ich in meiner Kleinstadt bislang begegnet bin. Ich frage mich, ob ich mir mehr als das vergangene kleine Abenteuer vorstellen kann. Ob er mich und meine Art überhaupt mag, weiß ich auch noch nicht. Das werde ich vielleicht aus den Briefen erfahren, die wir uns schreiben wollen. Da ich mich bislang für das schöne Wochenende noch nicht bedankt habe, werde ich ihm den ersten Brief schreiben.

„Lieber Robert! Wir kennen uns erst seit wenigen Tagen, doch mir kommt es so vor, als würden wir uns schon viel länger kennen. Ich weiß nicht, wie Du diese Tage erlebt hast. Was Du von einem Mädchen wie mir erwartest und welche Vorstellungen Du jetzt von mir hast. Ich hoffe, Du nimmst mir nicht übel, wenn ich meine Gefühle so wenig im Zaum gehalten habe und sie Dir so offen gezeigt habe. Habe ich mich daneben benommen? Normalerweise verhalte ich mich nicht so, wie Du es erlebt hast. Meine leichtlebigere Schwester sagt, ich sei schon immer ein braves Mädchen gewesen – ein in ihren Augen viel zu braves Mädchen, weshalb sie mich zum Besuch ihres Freundes und zur Fahrt an Deine Uni überredet hat. Von wegen viel zu braves Mädchen, wirst Du jetzt vielleicht denken! Ich habe nicht erwartet, wie schön dieser Wochenendausflug für mich werden würde. Vielen Dank für diese wunderbaren Tage! Schreibst Du mir zurück? Ich hoffe darauf, Paula".

Noch nie zuvor habe ich so auf einen Antwortbrief gewartet wie auf den von Robert. Wie werde ich mich fühlen, wenn ihm mein Verhalten nicht gefallen hat, wenn ich in seinen Augen ein ‚leichtes' Mädchen sein sollte? Schreibt er mir in den nächsten zwei, drei Wochen nicht, dann ist das wohl so. Dann wird dieses Wochenende nur noch eine wunderschöne Erinnerung für mich sein; eine Erinnerung an ein Gefühlsleben in mir, das ich bislang noch nicht gekannt habe. Doch nach zwei Wochen warten ist sein Antwortbrief da! „Liebe Paula! Entschuldige bitte, wenn ich nicht sofort geantwortet habe. Ich habe für einen Schein erst noch ein paar unangenehme Übungsaufgaben abliefern müssen. Ja, das Wochenende ist wunderschön gewesen. Ich habe Dich kennen gelernt, ein ganz besonderes Mädchen! Du fragst, was ich von Dir halte. Du meinst, Du hast Dich daneben benommen? Denke das bitte nicht! Ich will so offen sein wie Du: ich mag Dich und Deine Art. Wann wir uns wiedersehen können, steht in den Sternen. Ich bin leider nur ein mittelloser Student, dessen Geld gerade für das tägliche Überleben reicht. Über einen zweiten Brief von Dir würde ich mich aber sehr freuen, Robert".

Nach diesem Brief habe ich mich so glücklich gefühlt wie schon lange nicht mehr. Robert mag mich und meine Art. Ich werde ihm antworten, dass auch ich ihn mag. Ich werde ihm berichten, wie es mit meiner Ausbildung vorangeht. Und er wird mir antworten und mir sein Studienziel mitteilen. Kann ich mir eine Zukunft mit ihm vorstellen? Darüber zu sprechen ist noch viel zu früh, sage ich mir. Doch davon zu träumen ist so schön und nicht verboten.

Ein langes Jahr ist vergangen, in dem wir uns etliche Briefe geschrieben haben, zuletzt im Abstand von etwa zwei Wochen. Ich habe viel über Robert erfahren: woher er kommt, wie seine Familie lebt, wie seine Schulzeit am Gymnasium gewesen ist, wie er an die weit von seinem Elternhaus entfernte Universitätsstadt geraten ist, weswegen er das Studium der Geologie angetreten hat, und weshalb er angefangen hat, in den Semesterferien als Werkstudent zu arbeiten. Ich habe ihm berichtet, wie ich nach dem Realschulabschluss eine Ausbildung als Arzthelferin begonnen habe und mittlerweile ein Ausbildungsgeld erhalte, das mir das Überleben zuhause sichert. Meine Ausbildungszeit beträgt insgesamt drei Jahre, von der schon anderthalb Jahre vergangen sind. Bei ihm würde es bis zu seinem Studienziel Diplomgeologe noch mindestens drei-einhalb Jahre dauern, wie er mir schreibt. Da ist mir bewusst geworden: Träume ich von einer gemeinsamen Zukunft, dann von einer Zeit, die es erst in vier Jahren geben wird! Vier Jahre, welch ein unvorstellbar langer Zeitraum, in dem so viel geschehen kann, auch vieles, was unsere Fernbeziehung in Gefahr bringen wird.

Fernbeziehung! Kann ich mir auf die Dauer überhaupt vor-stellen, eine Beziehung zu unterhalten, die aus Briefeschreiben besteht? Seit jenem Wochenende ist Beziehung für mich etwas, was lebt, was atmet, was Gefühle hervorruft, was erregt, was glücklich macht. Liebesbriefe sind kein Ersatz für eine erlebte Beziehung! Schon nach den ersten Briefen habe ich verstanden, weshalb Robert so zurückhaltend ist, wenn es um einen Besuch bei mir geht: er hat schlicht kein Geld für die Anreise und die Unterkunft, schämt sich deswegen und mag darüber nicht reden. Als ich intensiver nachgefragt habe, hat er mir gestanden, „arm wie eine Kirchenmaus" zu sein. Er käme aus einer kinderreichen Familie, seine Eltern könnten ihm nur das Notwendigste an Unterstützung zukommen lassen. Als ich ihm geschrieben habe, ich hätte etwas Geld übrig und könne ihm helfen, habe ich lange auf einen Antwortbrief warten müssen. Er hat sich für die längere Pause entschuldigt. Zwischen den Zeilen aber habe ich erkannt, wie sehr es seinen Stolz verletzen würde, von mir eine finanzielle Unterstützung anzunehmen.

Nach diesem Jahr habe ich meine Schwester gefragt, ob sie nicht wieder an einen Wochenendbesuch in der Universitätsstadt denkt. Da habe ich erfahren, dass ihre Freundschaft erkaltet sei; ihr Ex-Freund an der Uni habe eine neue Beziehung gefunden und würde sich demnächst verloben. Als ich bei Robert nachgefragt habe, hat er mir geschrieben, dass sein älterer Studienkollege die Diplomprüfung gerade hinter sich hat, seine Hälfte der gemeinsamen Studentenbude gekündigt hat und auf der Suche nach einer Anstellung sei. Auf meine Rückfrage, was er, Robert, jetzt zu tun gedenke, hat er geschrieben, nach dem Auszug seines Studienkollegen beide Budenteile zu mieten, dafür würde sein Geld nicht reichen. Sich mit einem anderen Studenten auf so engem Raum anfreunden zu können, das würde ihm sehr schwer fallen. Deshalb habe er auch seine Hälfte gekündigt und schon eine neue Bleibe gefunden, die ebenfalls sehr preiswert sei. Seine neue Bude stünde jedoch unter der Fuchtel eines Drachens, der ihm vor allem weiblichen Besuch per Hausordnung untersagt. Als ich das gelesen habe, ist mein Traum einer erneuten Begegnung an seiner Uni gestorben. Ich hatte schon mit dem Gedanken gespielt, an einem Wochenende allein zu ihm zu fahren.

Wie schwer es sein würde, jahrelang eine Fernbeziehung per Briefpost unterhalten zu müssen, habe ich mir nicht vorstellen können. Kolleginnen, die mit mir zusammen in der Ausbildung zur Arzthelferin stecken, haben sich schon gewundert, wie wenig Interesse ich an jungen Männern habe, die bei unseren geselligen Abenden nach einer Ausbildungswoche bei unseren Wochenendtreffen öfter dabei sind. „Hör mal, ein bisschen flirten schadet doch niemandem", haben sie gemeint. Es sind aber nicht nur allein diese Versuchungen, die mir an solchen Abenden über den Weg laufen. Ich frage mich, wie Robert mit dem Alleinsein klarkommt. Ich bilde mir nicht ein, das einzige Mädchen auf der Welt zu sein, das ihm gefallen wird. An einer Universität gibt es viele attraktive junge Studentinnen, darunter bestimmt mehr als eine, die einem solchen Mann wie ihm gern den Tag versüßen würde. Ob er gerade mit einer von ihnen spazieren geht, die ihm gefällt? Solange ich keine Gelegenheit habe, ihn sehen zu können, werde ich keine Chance haben. Diese Ungewissheit und meine Sehnsucht nach ihm zerren an meinen Nerven. Seit Wochen überlege ich fortwährend, wie wir uns treffen können. Ob ich einfach aufs Geratewohl zu ihm fahre? Ohne ihn vorher zu fragen?

Mitten in dieses Hin und Her meiner Gefühle platzt eine Nachricht, die mich sofort elektrisiert. Robert schreibt mir, dass er sich an einer in meiner Nähe gelegenen Universität bei einem Forschungsprojekt beworben hat und angenommen worden ist. „Junge Studenten der Geologie sind gesucht worden", schreibt er, „die bereit sind, als Hilfskräfte an einem größeren Forschungsprojekt mitzuarbeiten und damit einen Teil ihres Studiums in die Feldarbeit vor Ort zu verlegen. Diese Möglichkeit, geologische Praxis kennen zu lernen, hat mich sofort interessiert, den ‚grau ist alle Theorie, und grün des

Lebens Baum', wie das bei Goethe so treffend heißt. Zudem verspreche ich mir durch meine Teilnahme an diesem geologischen Projekt die Chance, an eine Diplomarbeit und damit zu einem schnelleren Abschluss meines Studiums zu kommen." Im nächsten Brief schreibt er: „Du fragst danach, wie meine Tageabläufe bei diesem Projekt aussehen werden. Ich denke, ich werde die wenigste Zeit an der Uni in Deiner Nähe sein. Die meiste Zeit werde ich nach Anleitung im Feld arbeiten, irgendwo in der weiteren Umgebung. Für Unterkunft und Verpflegung während der Kampagnen ist gesorgt. Geld werde ich für meine Mitarbeit nicht bekommen, doch für mich ist es wichtiger, die Praxis kennen zu lernen und dabei auch noch bekannt zu werden. Als voraussichtliche Dauer des Projektes ist ein halbes Jahr vorgesehen, gestartet wird mit dem Beginn des kommenden Sommersemesters. Für dieses halbe Jahr werde ich eine billige Bude mieten. Meine Adresse bekommst Du, sobald ich sie kenne."

Das wird eine Chance sein, ihn endlich wiedersehen zu können, habe ich sofort gedacht. Die Uni, die dieses Projekt betreut, ist nur vierzig Kilometer von meinem Wohnort entfernt. Da muss es doch möglich sein, ihn besuchen zu können. Hoffentlich kommt er bei der Budensuche nicht wie vorher an eine Bleibe, deren Vermietung mit einer frauenfeindlichen Hausordnung verbunden ist. Fast drei Wochen lang höre ich nichts von ihm. Dann kommt ein Brief mit seiner neuen Adresse. Übermorgen, am ersten Tag des Sommersemesters fände im geologischen

Institut der Universität die Vorstellung der Ziele des Forschungsprojektes, der Teilnehmer, des vorläufigen Zeitplans
und die Besprechung der ersten Feldarbeiten statt, schreibt er.
Start des Projektes sei eine Woche später. Bis dahin müsse er
sich eine Übersicht der für ihn geeigneten Vorlesungen der Uni
verschaffen, sich in seiner Bude einrichten und die wichtigsten
Wege in der Stadt und der näheren Umgebung mit seinem
alten Fahrrad erkunden.

So ungeduldig ich inzwischen bin, ich muss einsehen, ihn so
schnell nicht besuchen zu können. Einige Tage später erhalte
ich einen zweiten Brief von ihm. Darin teilt er mir mit, dass er
seine Bude bezogen hat. Sie sei zwar eine sehr schlichte Bude,
das würde ihn aber nicht weiter stören, denn die meiste Zeit
des Sommersemesters wäre er ja unterwegs. Dafür wäre die
Bude aber billig und sturmfrei. Sturmfrei bedeutet, im Haus
gäbe es keinen Vermieter, keine Vermieterin, um die Befolgung
einer Hausordnung zu kontrollieren. Nur von Zeit zu Zeit käme
jemand, schreibt er, der im Auftrag des Vermieters nachfragt,
ob alles in Ordnung ist, ob etwas fehlt oder zu reparieren ist.
Die erste Kampagne des Forschungsprojektes würde fünf Tage
dauern und in einer nicht allzu weit entfernten Gegend mit
Kegeln alter erloschenen Vulkane und stärkeren Verwerfungen
offenliegender Gesteinsschichten stattfinden. Zusammen mit
dem Leiter der Kampagne, zwei Doktoranden, drei Diplo-
manden, zwei Technikern, uns studentischen Hilfskräften und
dem Fahrer werden wir sechzehn Personen sein, die mit einem

Kleinbus und einem Transportfahrzeug für die benötigten Instrumente unterwegs sind. Ziel der ersten Messungen wird sein, den Verlauf der Neigungen der Verwerfungen zu dokumentieren und zugleich Alter und Material der betreffenden Gesteinsschichten zu bestimmen. Dabei kämen moderne Messmethoden zum Einsatz. Tagsüber würde gearbeitet und abends würden die Ergebnisse diskutiert. Zum Essen und zur Übernachtung wären sie in einer in diesem Zeitraum freien Jugendherberge untergebracht. Ich kann seinem Brief entnehmen, mit welcher Vorfreude er interessante Tage erwartet. Von einem Termin, an dem wir uns treffen können, hat er noch nichts geschrieben. Ich kann das verstehen. Das, worauf er sich eingelassen hat, ist für ihn ein Abenteuer, das ihn in seinem Studium einen ordentlichen Schritt weiterbringen kann. So wenig ich meine Sehnsucht zügeln kann, an einer Stelle fühle ich Erleichterung: So, wie er seine letzten Briefe geschrieben hat, scheint es keine neue Bekanntschaft an seiner alten Uni zu geben, die er zurückgelassen hat. Wäre das so, ich hätte das an der Zurückhaltung in seinen Briefen längst gemerkt.

3

Endlich, wir können uns treffen! Zwischen der ersten und der zweiten Kampagne des Forschungsprojektes liegt ein freies Wochenende. Als Robert mir das mitgeteilt hat, habe ich mein

Wochenendprogramm sofort umgestellt, meinen Kolleginnen abgesagt und ihm geschrieben, mein Zug käme am Samstag um halb drei Uhr am Bahnhof der Universitätsstadt an. Ob er mich abholen kann? Natürlich kann er mich abholen, hat er geschrieben. Mit erwartungsvollen und zugleich bangen Gefühlen bringe ich die kurze Bahnfahrt hinter mich. Ich frage mich, ob wir uns sofort erkennen werden. Immerhin haben wir uns fast anderthalb Jahre lang nicht gesehen! Nach dem Aussteigen bleibe ich stehen und warte. Das muss er sein, jener junge Mann, der die dem Ausgang zustrebenden Fahrgäste mustert. Dann sieht er mich und kommt auf mich zu. „Paula" sagt er. „Robert" antworte ich. Ich sehe, wie verlegen er ist, er traut sich kaum, mir die Hand zu geben. „Komm, wir gehen erst mal nach draußen", sagt er. Vor dem schmucklosen Bahnhofsgebäude kündigt er an, zu seiner Bude sei es ein Fußweg von etwa zwanzig Minuten.

„Kennst du diese Stadt?" fragt er mich, als wir unterwegs sind. Als ich mit nein antworte, meint er, das sei kein Verlust, diese Stadt sei bei weitem nicht so schön wie die Stadt, in der er sein Studium begonnen hat. Unterwegs erzählt er mir, dass die Uni dieser Stadt vor kurzem noch eine technische Hochschule gewesen ist. Eine der ersten Neubauten nach der Umwandlung der Hochschule sei das geologische Institut. „Nicht nur der Bahnhof dieser Stadt, wie du gesehen hast, auch der größte Teil dieser Stadt ist schmucklos. Selbst das Haus mit meiner Bude ist nicht zu vergleichen mit dem, was du damals gesehen hast, als wir uns kennen gelernt haben. Diese Stadt hier ist im Krieg weitgehend zerbombt worden. Was man seitdem unter einem Wiederaufbau verstanden hat, kannst du ja sehen", meint er.

Wir gehen nebeneinander her, er achtet auf Abstand. Ich erinnere mich, wie wir zuletzt vor anderthalb Jahren gegangen sind, Hand in Hand. Jetzt tun wir so, als hätte es diese Vertrautheit und die vielen Briefe danach nie gegeben. In einer Gesprächspause reicht es mir, ich kann nicht anders, ich muss seine Hand ergreifen. Zum ersten Mal verliert er seine Hemmung und schaut mich so an, wie ich das noch in Erinnerung habe. Seine Hand entzieht er mir nicht mehr, bis wir bei seiner Bude ankommen.

Schon von draußen erkenne ich den ernüchternden Zustand des Hauses; erst recht oben im zweiten Stock, in dem er eines der an Studenten vermieteten Zimmer erhalten hat. „Paula, du weißt, dass ich nur wenig Geld habe. Wundere dich bitte nicht, mehr als diese Bude kann ich dir leider nicht bieten", sagt er beim Eintreten. Gut, dass er mich gewarnt hat. Seine Bude macht tatsächlich einen schäbigen Eindruck, sie ist nur mit dem Nötigsten, nämlich Bett, Schrank, Tisch und Stuhl ausgestattet; kein Bild an der Wand, keine Blume auf dem Tisch, der Blick aus dem Fenster fällt auf ein gleich schäbiges Nachbarhaus. Das Bett ist mit einer schlichten Tagesdecke verhüllt. Auf dem kahlen Tisch, dem eine längere Benutzung anzusehen ist, sehe ich zwei Frühstücksbrettchen mit Besteck, zwei Becher und einen Wasserkocher. Auf der Fensterbank liegen Skripten und einige Bücher. „Willst du dich etwas frisch machen?" fragt er und öffnet die Tür zu einem fensterlosen schlauchartigen Gang zwischen seinem und dem Nachbarzimmer; rechts sind eine überraschend saubere Toilette, ein sauberer Waschtisch und ein kleiner Hängeschrank eingebaut, links an der Nordseite gelegen befindet sich sein ‚Kühlschrank', wie er sagt. Das ist ein altertümlicher Holzverschlag, der mit einer Kühlung durch die Außenluft versehen ist. Dort kann er ein paar Lebensmittel aufbewahren. Während ich in dem schummrig beleuchteten Gang die Toilette nutze und mich kurz frisch mache, denke ich, wäre das nicht Roberts Bude, die er erst seit kurzem bezogen hat, würde ich auf der Stelle kehrt machen. Ohne ihn könnte ich mir einen längeren Aufenthalt hier nicht vorstellen. Ihm zuliebe werde ich vorläufig noch bleiben.

In der Zwischenzeit hat er den Wasserkocher angestellt. Er holt zwei Teebeutel und eine Tüte mit zwei Amerikanern aus seinem ‚Kühlschrank' und schiebt den Tisch so an das Bett, dass es als zweite Sitzgelegenheit dienen kann. Bald sitzen wir am Tisch, trinken Früchtetee und essen das Gebäck. Eine Unterhaltung will jedoch nicht so recht in Gang kommen. Eigentlich warte ich darauf, dass er mir auf irgendeine Weise seine Freude mitteilt, zu ihm gekommen zu sein. Doch nichts dergleichen geschieht. Im Gegenteil, er wird immer schweigsamer. Nach einer Weile kann ich diese Stimmung nicht mehr aushalten. „Robert, was ist?" frage ich. „Ach, was soll schon sein", antwortet er brummig und schweigt weiter. „Sage mir bitte, was hier nicht stimmt", dringe ich auf ihn ein. „Willst du das wirklich wissen?" stößt er hervor. Als er mein Erschrecken über seine schroffe Reaktion sieht, fängt er an zu reden.

„Paula, am liebsten würde ich dich wieder zum Bahnhof bringen und den heutigen Tag einfach vergessen." Unwillkürlich frage ich mich, ob er Gedanken lesen kann. Wieso kommt er auf denselben Gedanken, den ich gerade eben noch gehabt habe? „Nachdem ich dir mitgeteilt habe, an diesem Wochenende nicht unterwegs zu sein", fährt er fort, „nachdem du geantwortet hast, mich besuchen zu können, habe ich mich wahnsinnig auf dich gefreut. Ich habe an nichts anderes gedacht als mir auszumalen, wie schön es sein wird, dich wieder zu sehen. Doch schon beim Warten vorhin auf deinen Zug sind mir erste Bedenken gekommen. Ich stehe da und werde nach langer Zeit ein Mädchen sehen, das ich mag, und habe zur Begrüßung noch nicht einmal ein Blümchen in der Hand. Du hast sicher schon bei unserer Begrüßung gemerkt, dass ich nicht so recht dabei gewesen bin. Denn mir ist immer klarer geworden, vorher im Überschwang der Gefühle überhaupt nicht bedacht zu haben, worauf ich mich mit deinem Besuch einlasse. Auf unserem Fußweg hierher habe ich nur noch daran denken müssen, dich in eine schmucklose Bude zu bringen, in der ich nichts, aber auch gar nichts zu einer Verschönerung habe tun können. Nicht, weil ich für so etwas keinen Sinn habe. Ich habe schlicht kein Geld!" Beim letzten

Satz habe ich gemerkt, wie es in ihm kocht, wie wütend er ist. Ich sehe, er ist nicht wütend auf mich; er ist wütend auf sich selbst.

Ich muss über den Tisch hinweg seine Hand ergreifen. „Das ist noch nicht alles", schimpft er weiter. „Ich habe versäumt, bei dir nachzufragen, was du vorhast, ob du zum Beispiel bis morgen bleiben kannst oder heute am Abend zurückfahren willst. Solltest du vorhaben, bis morgen zu bleiben, habe ich überhaupt nicht bedacht, wo du übernachten kannst. Ach, es ist fürchterlich, ein armer, hilfloser und zudem noch gedankenloser Student zu sein!" Ich kann nicht anders, ich muss mich neben ihn auf sei Bett setzen und seine beiden Hände umfassen, um ihn zu beruhigen. „Robert, ich bin doch da", sage ich zu ihm. Dann bricht es aus ihm heraus. „Weißt du, Paula, was das Allerschlimmste für mich ist? Bis vorhin habe ich nur von einem Wiedersehen mit dir geträumt. Ich habe überhaupt nicht daran gedacht, mit welchen Gefühlen, mit welchen Erwartungen du diesen Besuch angetreten hast. Das kann ich mir gar nicht verzeihen! Ich setze dich einer Situation aus, von der ich hätte wissen müssen, welche Wirkung sie auf dich hat. Statt eines strahlenden und bestens gelaunten jungen Mannes findest du einen armen Schlucker vor, der in einer heruntergekommenen Studentenbude haust und dich noch nicht einmal zu einem Restaurantbesuch einladen kann. Ich werde es verstehen, wenn du mich bittest, dich wieder zum Bahnhof zu bringen. Ich werde es verstehen, wenn du an deinen Besuch ganz andere Erwartungen geknüpft hast, wenn du jetzt enttäuscht bist und wieder nach Hause fahren willst."

Um seine Erregung zu dämpfen, steht er auf, räumt das wenige Geschirr beiseite, reinigt es und stellt es in seinen ‚Kühlschrank'. Ich bleibe auf der Bettkante sitzen und muss über seine Worte nachdenken. Was habe ich von diesem Besuch erwartet? Habe auch ich im Überschwang der Gefühle überhaupt nicht bedacht, wie unser gemeinsames Wochenende aussehen wird? Hat allein der Begriff ‚sturmfreie Bude' bewirkt, jedes weitere Nachdenken zu verhindern? Ich habe zwar genügend viel Geld mitgenommen, um ein Restaurant aufsuchen und um die Übernachtung in einer Pension bezahlen zu können. Ich würde das gern tun, wage aber nicht, davon zu sprechen, denn ich weiß, wie stolz er ist und wie sehr es ihn verletzen würde, Geld von mir anzunehmen. Also zum Bahnhof gehen und wieder nach Hause fahren, wie er gerade gesagt hat? Ist das ein Verhalten, das uns beiden helfen wird? Nein, das wäre auch für mich enttäuschend, denn ich hatte mich insgeheim schon auf seine sturmfreie Bude gefreut und die nötigsten Sachen für die Nacht in meiner Handtasche mitgebracht. Während mir diese Gedanken durch den Kopf gehen, fällt mir auf, wie umsichtig er ist. Bei aller erkennbaren Ärmlichkeit seiner Lebensumstände ist er bemüht, Ordnung zu halten. Ich beschließe, bei ihm zu bleiben.

„Robert", spreche ich ihn an, „lass uns, wenn ich schon hier bin, bei dem schönen Wetter draußen einen Spaziergang machen. Vielleicht kannst du mir dabei auch das geologische Institut zeigen, in dem du jetzt arbeitest." Er schaut mich einen kurzen Augenblick erstaunt an, dann lächelt er und meint, auf dem Weg dahin könnten wir einen kleinen Umweg machen und die einzige beachtenswerte Gartenanlage der Stadt besichtigen; dort sei einmal der botanische Garten der Uni geplant. Nach meinem Vorschlag ist er wie verwandelt. Der Zorn auf sich selbst ist verraucht, neben mir geht der Robert, den ich noch so gut in Erinnerung habe. Unterwegs erklärt er mir lebhaft, was er bis jetzt über die Stadt und die Uni erfahren hat. In der Gartenanlage angekommen, erweist sich, dass er manche der seltenen Bäume und Blumen kennt. Beim Zeigen nimmt er mich immer wieder bei der Hand. Das geologische Institut können wir nur von außen besichtigen, „am Wochenende ist das Institut aus Sicherheitsgründen abgeschlossen", sagt er. Auf dem Rückweg gehen wir am Rand des Gartens auf einem schmalen Weg an einem Fluss entlang. Als wir eine freie Sitzbank finden, setzen wir uns. Eine friedliche und früh-sommerliche Stimmung umgibt uns, die schmucklose Stadt ist weit weg. Ich halte immer noch seine Hand und lehne meinen Kopf an seine Schulter.

„Paula", meint er, „es ist so schön, dass du bei mir bist. Ich entschuldige mich für mein Schimpfen vorhin, ich bin nur wütend auf mich gewesen. Jetzt danke ich dir, dass du gekommen bist. Ich habe ein paar Vorräte für unser Abendbrot. Magst du noch so lange bleiben? Danach bringe ich dich zum Bahnhof." Soll ich ihm jetzt schon sagen, dass ich in der kommenden Nacht eigentlich bei ihm bleiben will? Ich werde mit dieser Mitteilung noch bis nach dem Abendbrot warten und ihn damit überraschen. Jetzt bin ich froh, mit ihm zusammen hier sitzen und träumen zu können. „Robert", sage ich nach einer Weile, „wie wunderschön, mit dir zusammen hier zu sitzen. Mit meinem Ex-Freund ist das nie möglich gewesen. Der musste immer unterwegs sein, stillsitzen konnte der gar nicht. Und viel geredet hat der auch nicht. Bei dir ist das ganz anders, bei dir kann ich mich wohl fühlen." Nach diesen Worten hat er seinen Arm um mich geschlungen und mich fest an sich gedrückt.

4

Das schlichte Abendbrot — Wurst, Käse, Tomaten und dazu wieder Früchtetee — liegt hinter uns. Noch ist es draußen hell. „Ich bringe dich jetzt zum Bahnhof. Aufräumen kann ich später. Dein Zug fährt in einer halben Stunde", sagt er und sieht mich traurig an. Jetzt ist der Augenblick da. „Robert, kannst du dir vorstellen, mich jetzt nicht zum Bahnhof zu bringen?" „Sondern?" „Mich hier zu behalten." „Wirklich?" Der Eindruck von Traurigkeit verschwindet aus seinem Gesicht. „Du willst diese unwirtliche Bude aushalten und bei mir bleiben?" fragt er ungläubig. „Ja" antworte ich, „räum du die Essensachen weg, ich versuche, es uns etwas gemütlicher zu machen." Während er den Tisch abräumt, ziehe ich die schlichten Vorhänge am Fenster zu, frage ihn, ob ich in seinem Schrank nach einer Tischdecke suchen darf und finde für diesen Zweck ein großes blaues Küchentuch. In einer hinteren Ecke seines ‚Kühlschranks' habe ich eine schon angebrannte dicke Kerze, eine Schachtel Streichhölzer, einen noch unversehrten Flachmann und zwei Schnapsgläser gesehen. „Das stammt wohl noch von meinem Vorgänger", meint Robert.

Mittlerweile dunkelt es, ich zünde die Kerze an und lösche das grausliche Deckenlicht. Sofort wirkt das Zimmer ganz anders; von seiner nüchternen Schlichtheit ist kaum noch etwas zu sehen. Gemeinsam setzen wir uns auf das Bett. Robert köpft den Flachmann, dessen Etikett schon unleserlich geworden ist, gießt je eine Pfütze in die Schnapsgläser und schnuppert an seinem Glas. „Oha", sagt er, „das scheint ein leckerer Marillen- likör zu sein. Stoßen wir an, auf uns und auf Stunden, an die wir uns noch lange erinnern werden". Nachdem er die Gläser nachgefüllt hat, muss ich an seinen letzten Satz denken: „... Stunden, an die wir uns noch lange erinnern werden." Plötzlich herrscht Stille, wir sitzen nebeneinander, er traut sich nicht, mir den schon seit meiner Ankunft ersehnten Kuss zu geben. Wollen wir die nächsten Stunden so schweigend und untätig wie jetzt verbringen? „Robert, denkst du gerade an jene

Stunden, in denen wir uns kennen gelernt haben? Damals haben wir auch auf deinem Bett gesessen." Diese Erinnerung weckt ihn auf. „Paula, ich habe diese Stunden nie vergessen. Das waren Stunden, in denen ich auf ein unglaubliches Mädchen getroffen bin. Ein Mädchen, das mein Gefühlsleben in kürzester Zeit völlig durcheinander gebracht hat." „Was an mir hat dich damals so durcheinander gebracht?" „Wir haben uns vorher noch nie gesehen, Paula. Du hattest keine Ahnung, welcher Mensch, welche Sorte Mann ich bin. Trotzdem bist du mit vollen Segeln in ein Abenteuer gegangen." „Was meinst du mit ‚vollen Segeln'?"

Jetzt ist er so weit, denke ich. Jetzt sprechen wir endlich über das, was ihn und was mich damals überfallen hat. Über das, was ich nie vergessen habe und niemals vergessen werde. Über das, was ich mir seitdem so sehr wünsche. „Paula, du hast mich, einen dir fremden jungen Mann, wie von Sinnen geküsst." „Du bist mir nicht fremd gewesen", protestiere ich sofort. „Ich hatte einen Tag lang Gelegenheit, dich kennen zu lernen, das hat mir genügt." Wieder tritt eine Gesprächspause ein. „Sind deine Gefühle heute unter den Umständen, unter denen wir uns wiedersehen, noch so ähnlich wie damals?" fragt er leise und ergreift meine Hand. „Ja", antworte ich im vollen Bewusstsein dessen, was jetzt kommen wird. Er sucht meinen Mund, wir küssen uns – zum ersten Mal, seitdem ich hier bin. Als er spürt, auf welche Weise ich anfange ihn wiederzuküssen, gibt es kein Halten mehr. Bald liegen wir auf seinem Bett und küssen uns so, wie wir uns vor anderthalb Jahren zuletzt geküsst haben. All das Hoffen, all die Sehnsucht, all das Begehren der letzten anderthalb Jahre bricht aus mir hervor. „Robert, ich bin so glücklich, dass du mich nicht zum Bahnhof gebracht hast", sage ich. „Und ich bin so glücklich, dass du angesichts der Verhältnisse, in denen ich leben muss, nicht die Flucht ergriffen hast", antwortet er. Wieder küssen wir uns und vergessen die Zeit. „Meine Güte, kannst du küssen", sagt er atemlos. „Das hast du damals auch schon gesagt", erwidere ich und lege seine Hand auf meine Brust.

„Darf ich dich anfassen, darf ich dich streicheln?" fragt er. „Aber ja, ich wünsche mir das. Du musst jetzt nicht glauben, dass ich das schon kenne, dass ich das schon einmal erlebt habe. Mein Ex-Freund hat das zwar versucht, doch ich habe es ihm nicht erlaubt. Mit dir ist das anders. Du darfst das alles." „Paula, auch ich muss dir gestehen, dass ich noch nie mit einem Mädchen so zusammen gewesen bin wie mit dir. Küssen: ja. Weiter aber nichts." Dann liegen wir wieder nebeneinander, küssen und streicheln uns dabei. Wie erregend schön, einen jungen Mann wie Robert zu erleben, der vorsichtig und neugierig meinen Körper ertastet! Als ich ihn streichele, fühle ich seine Erregung. „Entschuldige bitte, ich kann das leider nicht verhindern", meint er. „Das muss dir nicht peinlich sein", antworte ich, „das ist doch ganz normal. Stört es dich, wenn dich dort berühre?" Da nimmt er meinen Kopf in beide Hände, schaut mich ernst an und fragt mich, ob mir bewusst ist, was ich mit ihm mache. „Das ist mir sehr wohl bewusst. Ich bin bei dir, weil ich dich liebe. Ich möchte mit dir schlafen."

Nach meiner Liebeserklärung gibt es kein Halten mehr. Wir küssen und streicheln uns und entfernen dabei Stück für Stück unsere Kleidung. Als ich die rauhe Tagesdecke zu spüren bekomme, bitte ich ihn, diese Decke zu entfernen – und bin überrascht, welches ordentliche und saubere Bettzeug unter der Decke erscheint. Robert muss zwar in sehr einfachen Verhältnissen leben, doch er versucht offenbar, das Beste daraus zu machen. „Bei dir habe ich keine Waschmaschine gesehen. Wie hältst du deine Wäsche so sauber?" frage ich ihn. „In der Nähe gibt es eine Wäscherei, die auch meine Leibwäsche in Ordnung hält". Ich ahne, wofür er außer für die Miete, die Studiengebühren, die Ernährung, ein paar Bücher, notwendige Kleidung und die Heimfahrten sonst noch einen Teil seiner knappen Geldvorräte einsetzen muss. Nachdem wir unsere letzten Kleidungsstücke entfernt haben, kuschele ich mich wohlig in sein Bett. Als er die Kerze löschen will, bitte ich ihn, sie weiter brennen zu lassen. „Mir ist es lieber, ich habe etwas Licht, solange ich nicht schlafe."

Er ist für kurze Zeit in seinem winzigen Bad verschwunden. Zum ersten Mal in meinem Leben werde ich zusammen mit einem Mann im Bett liegen. Habe ich Angst davor? Früher ja, doch jetzt überhaupt nicht. Robert ist jemand zum Liebhaben und nicht zum Fürchten! Als er zurückkommt, schlage ich die

Bettdecke zurück und schließe ihn in meine Arme. Ich merke, er ist ein wenig gehemmt. Wir küssen und streicheln uns, ich sage ihm, dass ich die Pille genommen habe. Als wäre das ein Signal, fühle ich sofort seine Erregung. „Bitte, komm zu mir!" flüstere ich in sein Ohr und öffne meine Beine. Vorsichtig dringt er in mich ein. Der erste Schmerz ist viel schwächer als ich angenommen habe. Er verschwindet und weicht einem herrlichen Lustgefühl, als Robert anfängt, sich in mir zu bewegen. „Das ist so schön!" muss ich rufen. Und dann erlebe ich einen anderen als den zurückhaltenden Robert. Ich lerne den männlich fordernden Robert kennen. Er legt alle Vorsicht ab, nimmt mich und bringt mich zu einem wunderbaren Orgasmus, gleich danach hat er seinen Höhepunkt. Wie völlig anders ist das, was ich jetzt erlebe, im Vergleich zur Einsamkeit der letzten anderthalb Jahre, in denen ich mich, so gut es gegangen ist, selbst getröstet habe. Das, was ich jetzt fühle, was ich jetzt erlebe, diese Art von Orgasmus habe ich mir nicht vorstellen können!

Wieder zu Atem gekommen sage ich zu ihm: „Du machst mich so glücklich, Robert, wie ich das nie gedacht habe. Kannst du dir vorstellen, bei mir zu bleiben?" „Paula, wie kannst du nur fragen", antwortet er und küsst mich. „Es wird vielleicht noch drei Jahre dauern, dann könnte ich mein Diplom haben, dann kann ich Geld verdienen, dann können wir heiraten." „Was, du denkst schon ans Heiraten?" „Ja, wenn du mich dann noch magst." Ich muss ihn küssen. Dann husche ich noch schnell in sein winziges Bad, lösche die Kerze und lege mich zu ihm. Eng umschlungen schlafen wir ein.

Das Läuten von Kirchenglocken weckt mich. Es ist Sonntagmorgen, ich ziehe die Vorhänge zur Seite, die Sonne scheint. Robert reibt sich verschlafen die Augen und sieht, wie ich nackt herumlaufe. „Guten Morgen", sagt er, „das gefällt mir!" „Du Lustmolch", necke ich ihn, „von dir lässt du ja nichts sehen!" „Von wegen nichts zu sehen" ruft er und schlägt die Decke zurück. „Komm zu mir, ich will dich genau anschauen." Wir haben zwar miteinander geschlafen, doch wir haben uns noch gar nicht genauer angesehen. Ich habe ein wenig Angst, denn ich halte meinen Körper für nicht besonders attraktiv und sage ihm das auch. „Rede keinen Unsinn", meint er, „es ist alles da, wo es sein soll. Ich habe nun wirklich keine Ahnung von Frauenkörpern, doch das, was ich sehe, gefällt mir sehr. Da macht mir mein Aussehen schon mehr Sorgen. Als Mann werde ich es niemals mit einer Frau aufnehmen können." Jetzt muss ich protestieren. „Du bist zwar ein richtiger Spuchtikus. Doch du wirst noch ein paar Kilos zulegen, wenn ich dafür sorgen kann. Ich mag deinen Anblick. Besonders den, den du mit gerade bietest." Ich ergreife sein hocherregtes Glied und führe es zwischen meine Beine. Er versteht sofort und dringt in mich ein. Wir schauen uns an, während er sich langsam in mir bewegt und für eine allmähliche Steigerung meiner Erregung sorgt. Beide sind wir nicht so wild und unbeherrscht wie am Abend zuvor. Eine Weile gefällt mir das, doch dann dauert es mir zu lang. „Bitte zögere nicht länger, komm!" Das lässt er sich nicht zweimal sagen. Wieder erlebe ich den männlich fordernden Robert, der mir ebenso gefällt wie der zurückhaltende sanfte Robert.

5

Wir machen uns so gut es geht im Bad frisch und ziehen uns an. Während er den Frühstückstisch zubereitet, mache ich sein Bett zurecht und breite die Tagesdecke wieder aus. Merkwürdig: seine Bude wirkt nach den letzten Erlebnissen gar nicht mehr so kahl und nüchtern. Dieses Gefühl habe ich nicht nur wegen der Morgensonne. Mit seiner Bude verbindet mich jetzt eine Erinnerung – eine sehr schöne, eine wunderbare Erinnerung; meine erste Liebesnacht. Die gestern noch zwischen uns herrschende Spannung ist einer Stimmung gewichen, von der ich mich frage, ob sie das ist, was in Romanen als das verliebt Sein beschrieben wird. Bei unserem kargen Frühstück mit Marmeladenbrot und Früchtetee frage ich ihn, ob er mich liebt. Er legt seine Hand auf meine und schaut mich ernst an. „Ich habe zwar von Liebe geträumt, Paula, bislang jedoch keine Vorstellung davon gehabt, was das eigentlich ist und woran ich erkennen kann, jemanden zu lieben. Das Gefühl der Zugehörigkeit zu dir und das eines unbedingten Vertrauens in dich sind, so glaube ich, Zeichen von

Liebe. Ja, ich liebe dich. Ja, ich kann mir eine Zukunft mit dir vorstellen." Als er sieht, wie mir die Tränen kommen, sagt er: „Bitte nicht weinen." „Ich weine nicht, Robert, ich bin nur so glücklich."

Nach dem Ende des Frühstücks beraten wir, wie der weitere Tag aussehen soll. „Morgen muss ich wieder zur Arbeit", sage ich, „mein Zug fährt am späteren Nachmittag." „Bei mir finden ab morgen einige Vorlesungen und Übungen statt. Am Wochenende folgend dann Informationen und Vorbereitungen für die nächste Kampagne", sagt er. „Das Wetter scheint heute sonnig zu bleiben. Ich schlage vor, wir gehen wieder an den Fluss und wandern von unserer Bank aus, auf der wir gestern gesessen haben, ein Stück flussaufwärts. Ich kenne den Weg zwar nicht, weiß aber, dass es wenige Kilometer weiter einen größeren Kiosk gibt, wo wir etwas Stärkung bekommen können." Natürlich bin ich mit seinem Vorschlag einverstanden. Bei aller Liebe: so anregend ist seine schmucklose und nüchterne Wohngegend wahrlich nicht. Da ist mir die grüne Natur an einem Flusslauf lieber.

Die Bank lädt uns zu einer ersten Pause ein. Der heutige Spaziergang findet in einer anderen Stimmung als der von gestern statt. Schon gleich beim Verlassen seiner Bude haben wir uns an der Hand genommen. An der Bank angekommen, setzen und küssen wir uns. Andere Spaziergänger sind noch weiter entfernt. Wir fühlen uns wie ein Liebespaar. „Würde dich das stören, wenn wir beobachtet werden?" fragt er mich. „Wenn du bei mir bist, nicht", antworte ich. „Hier ist niemand, der uns kennt. Wie wäre das bei dir zuhause?" fragt er. „Ich denke, mich würde das auch dort nicht stören. Du weißt, ich habe einen Freund gehabt, das ist in meinem Heimatort natürlich bekannt gewesen. Beim Weitergehen habe ich ihn gefragt, ob er mir etwas über seine früheren Freundschaften erzählen möchte.

„Paula, ich habe dir ja schon geschrieben, dass ich in meiner Schulzeit eine kleine Freundin hatte. Als wir uns kennen lernten, war sie erst fünfzehn Jahre alt. Ich war vier Klassen über ihr und stand vormeinem Abitur. Sie war ein liebes Mädchen, in das ich mich trotz ihrer Jugend bald verknallt hatte. Es hat länger als ein halbes Jahr gedauert, bis ich mich getraut habe, ihr einen Kuss zu geben. Danach habe ich gemerkt, sie ist mit ihren Gefühlen viel weiter, als ich das bei einem noch so jungen Mädchen gedacht habe. Wegen ihrer Jugend hat mir das ein bisschen Angst gemacht, ich habe mich dann in die Rolle ihres Beschützers gefügt." „Ihres Beschützers?" frage ich. „Ja, ich habe sie vor sich selbst beschützt. Vor dem Reichtum und der Stärke ihrer eigenen Gefühle." Beim Weitergehen muss ich einen Augenblick lang nachdenken. „Robert, verstehe ich das richtig? Dieses Mädchen war bereit, dir mehr zu geben, und du hast es nicht ausgenutzt?" „Ja, so ist es gewesen." Ich muss anhalten und ihm einen langen Kuss geben.

„Bei mir ist es ganz anders gewesen", fange ich meinen Bericht an. „Mir hat gefallen, dass ein bekannter attraktiver, aber leichtlebiger junger Bursche sich für mich interessiert hat. Von ihm zu dem einen oder anderen Tanzvergnügen begleitet zu werden, hat meinem Selbstwertgefühl gut getan. Bis ich gemerkt habe, dass er es mit dem Austausch von Küssen nicht genug sein lassen wollte. Ich habe ihn abgewehrt, worauf er begonnen hat, sich für andere Mädchen zu interessieren. Was dann geschehen ist, habe ich dir schon geschrieben." „Wie alt bist du da gewesen?" „Da war ich siebzehn". Robert denkt einen Augenblick nach. „Da bist du zwei Jahre älter als meine kleine Freundin gewesen. Wie gut, dass der Bursche nicht geahnt hat, was du alles drauf hast!" „Was ich alles drauf habe?" kann ich gerade noch fragen, da steuert er eine freie Bank an und küsst mich, dass mir schwindlig wird. Ich bin einfach glücklich.

Hand in Hand und in Gedanken versunken gehen wir weiter. Es dauert nicht mehr lange und wir kommen an dem Kiosk an. Dort gibt es ein paar Tische und Sitzbänke, einige sind durch Ausflügler besetzt. „Robert", sage ich zu ihm, „ich weiß, du magst das nicht, aber lass mich dich heute zu einem kleinen Imbiss einladen." „Kommt gar nicht in Frage!" beginnt er etwas lauter zu protestieren. Von einem Nachbartisch wird schon zu uns hinübergeguckt. Ich lege ihm einen Finger auf den Mund und sage ganz ruhig: „Wir haben uns unsere Liebe erklärt, Robert. Du hast gesagt, du könntest dir eine Zukunft mit mir vorstellen. Soll das eine Zukunft sein, in der ich dir nicht helfen darf? In der du jede Hilfe von mir ablehnst? Das kann ich nicht glauben!" „Paula, ich habe gerade noch so viel Geld dabei, um einen kleinen Imbiss bezahlen zu können." „Und was ist morgen? Und übermorgen? Wovon willst du leben, bis die nächste Unterstützung durch deine Eltern eintrifft?" „Ich werde schon nicht verhungern", sagt er. „Robert, ich gehe jetzt zum Kiosk und hole uns etwas zu essen und zu trinken. Du bleibst bitte ruhig hier sitzen, vergisst deinen Stolz und denkst statt-dessen daran, wie sehr ich dich liebe."

Mit vier belegten Langbrötchen, zwei Flaschen Sinalco mit Trinkhalm und zwei Papierservietten komme ich an unseren Tisch. „Danke, Paula", sagt er und drückt meine Hand. Dann sehe ich, welchen Hunger er hat. Ich habe noch keines der Brötchen aufgegessen, da hat er schon zwei davon verputzt. „Magst du mein zweites Brötchen essen? Ich habe keinen Hunger mehr." Er schaut mich zweifelnd an: „Wirklich? Willst du dein Brötchen nicht für die Rückfahrt heute Abend aufheben?" „Robert, die Rückfahrt dauert nur eine dreiviertel Stunde. Zuhause werde ich genug zu essen bekommen." Es macht mir Spaß, ihm zuzusehen, mit welchem Appetit und auf welche vornehme Weise er isst. Er kommt offenbar aus gutem Hause, sehe ich. Gesättigt und gut gelaunt trinken wir unsere Sinalco. Bevor wir uns wieder auf den Weg machen, suchen wir noch die Toilette neben dem Kiosk auf.

Auf dem Rückweg berichten wir uns von unseren Elternhäusern. „Meine Familie ist bis zur Aufnahme meines Studiums alle zwei Jahre umgezogen", erzählt Robert. „Der Grund dafür sind immer bessere Stellenangebote für meinen Vater gewesen. Der letzte Umzug war unmittelbar nach meinem Abitur." „Da hast du deine kleine Freundin zurücklassen müssen." „Richtig. Für mich hat es keine Gelegenheit mehr gegeben, sie sehen zu können, denn meine ersten Semesterferien habe ich weiter entfernt am neuen Wohnort meiner Eltern zugebracht. Ich habe drei Geschwister, einen Bruder und zwei Schwestern, die alle jünger sind als ich. Meine Mutter, eine ausgebildete Krankenschwester, hat der Kinder wegen ihre Arbeit aufgegeben. Mein Vater hat nie über Geld geredet. Sorglos reich sind wir aber auch nicht. Die Unterstützung, die ich jetzt im Studium von zuhause erhalte, reicht gerade zum Überleben. Wenn ich etwas mehr Geld brauche, muss ich in den Semesterferien arbeiten. Das habe ich schon zweimal getan. Die nächsten Semesterferien wird das aber nicht gehen, denn da bin ich wegen des halbjährigen über das Sommersemester hinausreichenden Forschungsprojektes noch unterwegs. In dieser Zeit kann ich aber ein wenig Geld zurücklegen, weil Unterkunft und Essen gestellt werden, wie ich dir schon berichtet habe."

In der Gesprächspause sehen wir eine freie Bank. „Entschuldige, Paula, wenn es so geklungen hat, als würde ich dir etwas vorjammern. Ich habe keinen Grund dazu. Das Leben in meiner Familie ist immer sehr glücklich gewesen, auch wenn wir den Gürtel manchmal enger schnallen mussten. Meine Eltern sind großartig, vielleicht wirst du sie bald kennen lernen." Ich muss ihn küssen, weich und liebevoll. „Deine Eltern sind wohl auch sehr glücklich miteinander." „Oh ja! Mein Vater liebt uns Kinder, kann aber manchmal etwas aufbrausend sein; meine Mutter jedoch hat ein liebes, ausgleichendes Wesen. Ich bin überzeugt, du wirst sie sehr mögen." „Robert, was möchtest du in den nächsten Jahren erreichen?" „Ich verspreche mir von meiner Teilnahme an dem gerade laufenden Forschungsprojekt eine schnellere Diplomarbeit, damit ich meinen Vater entlasten kann, bevor ihm die Kosten der Ausbildung meiner jüngeren Geschwister über den Kopf wachsen." Wie sehr er mit seiner Familie mitdenkt, und wie wenig er für sich und ein bequemes Studentenleben will! Je mehr ich von ihm weiß, desto mehr wird mir klar: er ist der Mann für mein künftiges Leben. Ob es mir gelingt, ihn festzuhalten, ihn an mich zu binden?

Während des letzten Teils unseres Rückweges erzähle ich ihm von meiner Familie. „Meine Schwester hast du ja kennen gelernt. Sie und ich, wir sind die einzigen Kinder. Meine Familie hat immer schon dort gewohnt, woher ich komme. Meine Eltern verstehen sich sicher längst nicht so gut wie deine Eltern. Am Geld hat es nicht gelegen. Uns Kindern hat es nie an etwas Materiellem gefehlt. Eher an dem, was man liebevolle Zuwendung nennt. Meine Schwester ist vier Jahre älter als ich.

Sie ist von vornherein der Liebling meiner Eltern gewesen. Ich sollte eigentlich Paul heißen, doch ich bin nicht der Sohn geworden, den sie sich gewünscht haben. Jetzt ist meine Schwester zu ihrem Verlobten gezogen, ich wohne noch bei meinen Eltern, führe aber ein weitgehend selbständiges Leben. Dies zu wissen ist für dich vielleicht wichtig, wenn du einmal Gelegenheit hast, mich zu besuchen." Robert bleibt stehen und schaut mich ernst an. „Paula, bist du unglücklich?" „Nein, ich habe eigentlich keinen Grund, unglücklich zu sein. Ich habe bis jetzt nur nicht gewusst, was glücklich sein bedeutet." Er nimmt mich in die Arme und küsst mich.

In seiner Bude angekommen stellen wir fest, bis zur Abfahrt meines Zuges sind noch fast zwei Stunden Zeit. „Robert, was schätzt du, wie lange wir warten müssen, bis wir uns wiedersehen können?" Er überlegt. „So etwas wie das freie Wochenende, das gerade zu Ende geht, sehe ich in den nächsten Arbeitswochen nicht. Die Kampagnen werden einerseits länger dauern und andererseits enger getaktet. In den Tagen meiner Anwesenheit hier vor Ort werde ich Vorlesungs- stoff nacharbeiten müssen. Da wird nicht mehr viel Zeit übrig bleiben. Ich denke aber, gegen Ende des Sommersemesters wird es das eine oder andere freie Wochenende geben. Dann kann ich dich besuchen. Die kurze Eisenbahnfahrt kostet ja nicht viel." Ich möchte die gute Stunde, die wir noch haben, nutzen. „Robert, so, wie es aussieht, werden wir uns zwei

Monate lang nicht sehen können. Ohne Proviant werde ich das nicht aushalten." „Was verstehst du unter ‚Proviant', Paula?"

Ich setze mich neben ihn auf sein Bett, küsse ihn und lege seine Hand auf meine Brust. „Das meine ich mit Proviant." Er versteht sofort. Bald liegen wir auf dem Bett und küssen uns, als wäre es das letzte Mal. „Bitte komm zu mir" flüstere ich in sein Ohr. In der nächsten Stunde gibt es nur uns beide auf der Welt. Wir schaffen es gerade noch rechtzeitig zu meinem Zug.

6

Drei Jahre später. Robert und ich werden heiraten. In vier Wochen wird unserer Hochzeit in jener Universitätsstadt gefeiert, in der wir uns zum ersten Mal gesehen haben. In der Nähe seiner früheren Studentenbude haben wir eine kleine Wohnung gefunden, in die wir gleich nach der Hochzeit einziehen können. Meine Arbeitsstelle als Arzthelferin und medizinische Fachangestellte habe ich rechtzeitig gekündigt, eine neue Stelle in der Universitätsstadt habe ich schon gefunden. Ich wohne noch im Haus meiner Eltern. Jetzt sitze ich hier auf Abruf und habe Zeit, die letzten drei Jahre wie einen Film vor meinem inneren Auge ablaufen zu lassen. Bis auf die Tatsache, dass ich mich unsterblich verliebt habe, ist bei mir eigentlich nicht viel passiert. Vor fast zwei Jahren habe ich meine Ausbildung mit Erfolg abschließen können und in einer

Hausarztpraxis meine erste Stelle angetreten. Seitdem bin ich finanziell unabhängig, was ich Robert, der nach wie vor nur wenig Geld zur Verfügung hat, nicht habe spüren lassen, denn an diesem Punkt ist er nach wie vor empfindlich.

Bei Robert dagegen ist in dieser Zeit mehr geschehen. Vor gut drei Jahren ist das geologische Forschungsprojekt an der nahe bei meiner Heimatstadt gelegenen Universität nach einigen weiteren erfolgreichen Kampagnen, an denen er als studentische Hilfskraft teilgenommen hat, planmäßig abgeschlossen worden. Wie er mir berichtet hat, haben sich einige Themen für eine Diplomarbeit ergeben. Bei seiner Mitarbeit an diesem Projekt hat er sich offenbar so geschickt angestellt, dass ihm die Möglichkeit einer Diplomarbeit an jener Uni angeboten worden ist. Dann hätte aber bleiben müssen. „Dazu habe ich mich nicht entscheiden können", hat er gesagt. „Ich bin an meine erste Universität zurückgekehrt. Dort hat zum planmäßigen Zeitpunkt das Zwischenexamen gewartet, dort musste ich zur Fortsetzung meines Studiums noch einige Vorlesungen, Übungen und Praktika absolvieren." Dem Chef des geologischen Instituts seiner ersten Uni ist bekannt gewesen, an welchem Projekt er an der anderen Uni teilgenommen hatte. Als er ein Jahr nach seinem Zwischenexamen wegen einer Diplomarbeit nachgefragt hat, ist er zu einem Gespräch gebeten worden. Ihm ist der Vorschlag unterbreitet worden, in Zusammenarbeit mit dem Leiter der damaligen Forschungskampagne eine Diplomarbeit unter Nutzung einiger Resultate der Untersuchungen zu schreiben. Beobachtungen und Messergebnisse seien vorhanden, es käme darauf an, sie zusammenfassend darzustellen und mit den in der Literatur vorhandenen Ergebnissen abzugleichen.

„Du glaubst nicht, Paula, wie gut es war, mich für das Forschungsprojekt an der Uni in deiner Nähe zu melden. Jetzt kann ich zum frühestmöglichen Zeitpunkt eine Diplomarbeit schreiben, zu der alle Messungen schon vorhanden sind. Wenn ich mich nicht dämlich anstelle, kann ich meine Diplomprüfung früher antreten. Dann können wir bald heiraten." So hat er mir geschrieben. Als ich das gelesen habe, habe ich mich mit ihm gefreut – und bei mir gedacht, dass sein Wechsel an die Uni in meiner Nähe auch aus einem ganz anderen Grund wunderbar gewesen ist: nach unserem ersten flüchtigen Abenteuer vor über vier Jahren haben wir uns ein Jahr später treffen können und uns hoffnungslos ineinander verliebt. Für mich ist seitdem eine gemeinsame Zukunft mein einziges Ziel geworden. Dafür habe ich einige schmerzvolle Trennungszeiten in Kauf genommen, Zeiten, die mich immer hart getroffen haben.

Schon, als er noch an der Uni in meiner Nähe war, habe ich gehofft, ihn öfter sehen zu können. Wie sich nach einem halben Jahr am Ende des Forschungsprojektes herausgestellt hat, haben sich nach dem ersten Treffen in seiner Bude nur noch zwei Gelegenheiten ergeben. An einem Wochenende kurz vor dem Abschluss des Sommersemesters hat er mich in meinem

Elternhaus besucht. Ich erinnere mich noch, wie ich ihn überzeugen musste, die Nacht über bei mir zu bleiben. „Ich habe genügend Geld für die Übernachtung in einem Gasthof. Außerdem weiß ich nicht, was deine Eltern davon halten, einen fremden jungen Mann über Nacht bei ihrer Tochter zu wissen." So hat er sich geäußert. „Mir ist egal, was meine Eltern denken, ob sie einverstanden sind oder nicht! Sie wissen, dass ich mein eigenes Leben lebe. Ich sei alt genug, haben sie mir gesagt, als ich deinen Besuch angekündigt habe." „So energisch kenne ich dich ja gar nicht", hat er sich verwundert geäußert. „Wenn es um dich geht, Robert, bin ich energisch! Da lasse ich mir von niemandem hineinreden, auch nicht von meinen Eltern. Die sind heute Abend auch gar nicht da. Sie sind von einem befreundeten Ehepaar eingeladen." Die folgende Nacht ist zu unserer zweiten Liebesnacht geworden. Sollte ich bisher noch unsicher gewesen sein, an eine gemeinsame Zukunft mit ihm zu denken: nach dieser Nacht bin ich mir sicher gewesen. Er ist mein Traummann. Ich glaube, auch er will sein Leben mit mir verbringen.

Die zweite Gelegenheit, uns zu treffen, hat sich am Ende der Semesterferien ergeben. Der Abschluss des Projektes ist in einem Gasthof gefeiert worden. Dazu hat der Leiter des Projektes alle Teilnehmer mit ihren Begleitungen eingeladen. Robert hat mich gebeten, dabei zu sein, deswegen – aber nicht nur deswegen – habe ich ihn besucht. Schnell hat gute Laune geherrscht. Mit der Einnahme einer landesüblichen

Brotzeit, kurzen Ansprachen und einem Schoppen Wein ist der erfolgreiche Abschluss des Projektes gefeiert worden. Einer der Techniker hatte sein Hohner-Akkordeon mitgebracht. Wie sich schnell gezeigt hat, konnte er hervorragend spielen. Als die ersten schmissigen Tanzrhythmen erklungen sind, wurde Platz gemacht für diejenigen, die tanzlustig waren. Robert und ich haben zu den Ersten gehört, die getanzt haben. Ich habe gar nicht gewusst, wie gut Robert tanzen kann. Bald habe ich das Gefühl gehabt, als würden wir beide durch den Raum schweben. Das muss den anderen Teilnehmern des Forschungs-projektes aufgefallen sein, denn ich bin immer häufiger zum Tanz aufgefordert worden. Besonders einer der Jüngeren von ihnen wollte sehr oft mit mir tanzen.

Auf dem Nachhauseweg zu seiner Bude hat Robert gesagt: „Na, Paula, da hast du ja ordentlich Eindruck gemacht. Einer meiner Kommilitonen wollte gar nicht mehr von deiner Seite weichen." „Bist wohl ein wenig eifersüchtig?" habe ich ihn geneckt. „Gibt es denn einen Grund dafür?" „Nein, natürlich nicht. Aber interessant ist das schon gewesen. Dein Kommilitone hat mich gefragt, ob wir beide zusammengehören. Als ich ihn aufgeklärt habe, hat er ‚schade' gesagt. ‚Ich sei eine tolle Frau. Sollte ich mich mit dir nicht mehr vertragen, wäre er glücklich, wenn ich an ihn denken würde'." „He, du, muss ich befürchten, dass du abtrünnig wirst?" „Vielleicht, wenn du mich nicht sofort küsst." Wir sind gerade an seiner Bude angekommen. Er hat mich so geküsst, dass mir wieder schwindlig geworden ist. Ich weiß nicht mehr, wie wir in seine Bude hinaufgekommen sind. Robert hat seine Bude etwas gemütlicher machen können. Unsere dritte Liebesnacht wird mir unvergesslich bleiben.

Mit Beginn des Wintersemesters ist Robert wieder weit weg von mir an seiner ersten Uni gewesen. Ein halbes Jahr ohne ihn hat vor mir gelegen. Briefe sind in dieser Zeit unsere einzige Verbindung. Im Wintersemester wolle er tüchtig lernen, um möglichst schnell fertig zu werden. Nach dem Wintersemester müsse er erst einige Wochen lang Geld verdienen, um mich im April besuchen und mir dann zu meiner hoffentlich bestandenen Prüfung gratulieren zu können. Im Januar ist bei mir ein kurzer Brief eingetroffen, auf den ich nicht gefasst gewesen bin. Ein Brief jenes Kommilitonen, der auf der Abschlussfeier des Projektes so gern mit mir getanzt hat. Ich hatte keine Ahnung, wie der an meine Adresse gekommen ist; ich habe vermutet die sich seit einigen Jahren verbreitende neue als ‚Internet' bezeichnete Technik hat ihm dabei geholfen. „Hallo, Paula", schreibt er, „ich kann einfach nicht vergessen, wie schön es war, mit Dir zu tanzen. Mir ist noch nie eine junge Frau begegnet, die Dir gleicht. Ich schreibe das nicht, um mich einzuschmeicheln, ich schreibe das, weil es wahr ist. Ich beneide Robert und wünsche ihm und Dir Glück. Denke bitte an mich, solltet Ihr Euch irgendwann einmal nicht mehr vertragen. Ich verehre Dich sehr, Sebastian". Das war etwas Neues für mich: ein Liebesbrief, der nicht von Robert geschrieben war. Ich erinnerte mich, Sebastian ist ein netter Kerl, dem ich geantwortet hätte, wäre ich nicht in Robert verliebt. Ich habe den Brief aufgehoben, aber nicht beantwortet.

Robert hat wahr machen können, was er angekündigt hat: Ende April hat er mich anlässlich meiner Abschlussprüfung besucht. Für mich sind diese Tage aufregend gewesen. Einmal, weil ich ihn ein halbes Jahr nicht gesehen habe. Dann natürlich, weil meine Ausbildung zur Arzthelferin zu Ende gegangen ist. Am Donnerstag war die erfolgreiche Prüfung, am Freitag habe ich ihn vom Bahnhof abgeholt. Mit einem Blumenstrauß und einem Kuss hat er mir gratuliert. Am Abend haben wir nach dem Abendbrot nur eine gute Stunde mit meinen Eltern zusammengesessen. Robert ist ein wenig ausgefragt worden und hat sich zunächst unsicher gefühlt, doch bald hat er gemerkt, dass meine Eltern nichts gegen ihn haben, im Gegenteil froh sind, die Verantwortung für ihre Tochter abgeben zu können. Bald haben wir uns in mein Zimmer zurückgezogen, uns dort erst einmal richtig begrüßt und das Neueste berichtet. Der sich nach einem halben Jahr aufgestaute Hunger nach Liebe hat sich dann aber schnell bemerkbar gemacht; es folgte unsere vierte wunderbare Liebesnacht. Mit Robert schlafen zu können und jetzt auch noch examinierte Arzthelferin zu sein hat mich in einem unvorstellbaren Glücksgefühl schweben lassen. Irgendwelche Sorgen waren ganz weit weg von mir.

Am nächsten Tag habe ich Robert einige meiner Lieblingsplätze meiner Heimatstadt gezeigt. Unterwegs sind wir dazu gekommen, über unsere Zukunft zu sprechen, eine Zukunft, die längst nicht so rosig ausgesehen hat, wie sie am Tag zuvor noch erschienen ist. „Paula", hat er das Gespräch begonnen, als wir an einem Teich auf einer Bank gesessen haben. „Paula, du fühlst dich startbereit in ein gemeinsames Leben. Das ist wunderschön und ich freue mich für dich. Bei mir sieht das aber gar nicht danach aus, denn ich habe noch nichts in der Hand. Nach wie vor habe ich kaum Geld, gerade so viel, um überleben zu können. Ich habe bis auf die Zwischenprüfung vor einem Jahr noch kein Examen und damit auch noch keine Möglichkeit zum Verdienen meines Lebensunterhalts. Wie soll ich da an eine gemeinsame Zukunft für uns zwei denken?" Ich kann dir jetzt helfen, habe ich gedacht, als ich seine Hand ergriffen habe. Doch ich habe nichts dergleichen gesagt, denn ich habe gewusst, wie sehr das seinen Stolz getroffen hätte. „Wie siehst du denn deine Zukunft?" habe ich ihn gefragt. „Bis wir heiraten können, wird es voraussichtlich noch anderthalb Jahre dauern. Im jetzt kommenden Sommersemester werde ich mit meiner Diplomarbeit anfangen. Sie wird nur etwa ein Jahr in Anspruch nehmen, weil ich die Versuchsergebnisse schon habe und nur noch eine vernünftige Arbeit daraus machen muss. Danach muss ich mich auf die mündlichen Prüfungen vorbereiten. Ich fürchte, in diesen anderthalb Jahren werde ich nur wenig Zeit für dich haben."

Ich kann seinen traurigen Gesichtsausdruck gar nicht aushalten. „Robert, ich bin bei dir und werde bei dir bleiben". Habe ich gesagt. „Wir werden diese anderthalb Jahre überstehen. Heute bist du hier. Heute Abend werden wir noch mit meinen Kolleginnen und deren Begleitern unser Abschlussexamen feiern. Und in der Nacht danach werden wir diese Feier in meinem Zimmer fortsetzen. Auf unsere Weise fortsetzen. Ich liebe dich." „Paula, du bis die Sonne in meinem grauen Leben. Zu wissen, dass es dich gibt und dass du mich liebst, lässt mich allen Kummer vergessen."

7

Drei Monate später habe ich eine erste Bilanz aus meinem neuen Leben als Arzthelferin gezogen. Nachdem die ersten Gehaltszahlungen eingegangen sind, habe ich daran gedacht, eine eigene Kleinwohnung zu mieten, habe das Vorhaben dann aber wieder aufgegeben. Da meine Schwester schon seit längerer Zeit aus dem Haus ist, und da meine Eltern mir jede Freiheit gelassen haben und ihren eigenen Bedürfnissen nachgegangen sind, habe ich alles, was ich brauche, zuhause vorgefunden. Robert hätte jederzeit bei mir schlafen können, wenn er gekommen wäre. Doch daran war vorläufig nicht zu denken. Gegen Ende des Sommersemesters hat er mir geschrieben, das Thema seiner Diplomarbeit erhalten zu haben.

„Ich werde jetzt keine Semesterferien mehr haben und deshalb auch kein Geld mehr verdienen können. Damenbesuch erlaubt der Drachen, bei dem ich, wie du weißt, eine billige Bude mieten konnte, unter keinen Umständen. Mich zu besuchen lohnt daher nicht. Wie sehr sehne ich mich nach dir!"

Anfang Dezember hat mich ein Brief von ihm elektrisiert, in dem er angekündigt hat, mich ,zwischen den Jahren', also zwischen den Weihnachtstagen und Neujahr, besuchen zu können. „Du weißt, dass ich vor einiger Zeit mit Hilfe meiner Einkünfte aus der Arbeit in den Semesterferien den Führerschein erworben habe. Mein Vater hat für einen guten Preis ein neues Auto erwerben können und das Alte vorerst noch behalten. Das könne ich benutzen, wenn ich es brauche, hat er gemeint. Paula, kann ich Dich gleich nach Weihnachten besuchen? Ich würde vom Wohnort meiner Familie aus mit dem Auto zu Dir fahren." Was habe ich mich über diese Ankündigung gefreut! Ich hatte schon befürchtet, eine trübe Weihnachtszeit verbringen zu müssen. „Es könnte sein, dass ich den einen oder anderen Tag in der Praxis mithelfen muss, bringe deshalb etwas mit, woran Du arbeiten kannst", habe ich ihm geschrieben. Ich habe die Tage bis zu seinem Kommen kaum noch abwarten können. Bei der Frage nach einem Weihnachtsgeschenk habe ich beschlossen, mich zurück-zuhalten, weil ich weiß, dass er traurig wäre, kein ähnliches Geschenk für mich zu haben; er wird sein Geld für den

Treibstoff benötigen. Als Geschenk habe ich mir vorgenommen, mit allem, was ich ihm als Frau bieten kann, für ihn da zu sein.

Wie wunderbar sind die drei Tage und vier Nächte mit ihm gewesen! Als wären wir schon verheiratet. An nur einem Tag musste ich in der Praxis mithelfen. An den beiden anderen Tagen haben wir mit seinem Auto Ausflüge in die nähere Umgebung gemacht und zwei Weihnachtsmärkte besucht. Es ist zwar kalt gewesen, doch von Regen- oder Schneeschauern sind wir verschont worden. Er hat mir berichtet, wie weit seine Diplomarbeit gediehen ist. „Ich bin im Plan. Zum Ende des kommenden Sommersemesters könnte ich sie abgeben. Dann kämen wahrscheinlich zu Beginn des Wintersemesters die mündlichen Prüfungen." „Und dann wärst du fertig?" Ja, aber Geld würde er noch nicht verdienen, meinte er. Dazu müsse er sich erst eine Arbeitsstelle suchen. Es wird also noch über ein Jahr dauern, bis wir zusammenziehen und heiraten können, ging es mir durch den Kopf. Noch ein ganzes Jahr! Wann ist das Warten endlich vorbei? Wenn es nach mir ginge, könnten wir sofort heiraten. Doch ich weiß, damit darf ich nicht kommen. „Ich werde erst dann heiraten, wenn ich ein sicheres Einkommen habe", hat er einmal gesagt.

Die drei Tage sind herrlich gewesen. Die eine oder andere Mahlzeit haben wir zusammen mit meinen Eltern eingenommen. Ansonsten hat es mir Spaß gemacht, ihn zu versorgen; Vorräte waren genug im Haus. Wirklich wunderbar waren die vier Nächte. Nachdem nach der langen Zeit der Enthaltsamkeit die erste wilde und rauschhafte Begegnung hinter uns lag, nachdem unsere angestauten Bedürfnisse und Begierden befriedigt waren, kam die Zeit der erotischen Vergnügungen und lustvollen Liebesspiele. Das war eine neue Erfahrung, ich hatte nicht gewusst, wie schön ein solches Beisammensein ist. „Magst du das denn?" habe ich ihn gefragt, als ich zum ersten Mal mit seinem Glied gespielt und es geküsst habe. „Paula, ich mag das sehr. Für mich ist Liebe mehr als Rein, Stöhnen, Raus, wie ich das mal gelesen habe. Für mich gibt es Sex, der nötig ist, um Kinder zu bekommen. Und dann gibt es Liebe, Freude an der Nähe und am Körper des Anderen, am eigenen Körper und am gemeinsamen Erleben." Ich habe ihn küssen müssen und dann gesagt: „Robert, ich bin froh, dass du so denkst und fühlst. Nachdem ich meinen Körper entdeckt hatte, habe ich mir einen Partner gewünscht, mit dem zusammen ich die Schönheit körperlichen Vergnügens erleben kann." Die drei folgenden Nächte haben wir unsere Körper kennen gelernt, haben jede Stelle und jeden Winkel geküsst und mit unseren Zungen erforscht, erst im Halbdunkel, dann bei vollem Licht. Wenn es uns überkommen ist, haben wir miteinander geschlafen. Ich habe mich gefühlt, als wäre ich im Paradies.

Auch diese wunderbaren Tage und Nächte mussten zu Ende gehen und dem gähnenden Abgrund eines langen Alleinseins weichen. Robert hatte seine Diplomarbeit, ich meine Arbeit in der Hausarztpraxis. Ein Trost ist das nicht gewesen. Der Winter und das Frühjahr mussten vergehen, viele Briefe mussten geschrieben werden, bevor sich die nächste Gelegenheit ergab, zu der wir uns sehen konnten. Um Pfingsten herum hatte Robert mehrere Tage zur freien Verfügung. „Ich habe etwas Geld sparen können", hat er mir geschrieben. „Mein Vater stellt mir sein altes Auto zur Verfügung mit einer Bedingung: ich muss Dich abholen und mit Dir zu meinen Eltern fahren, um Dich ihnen vorzustellen. Am Samstag vor Pfingsten könnte ich am frühen Nachmittag zu Dir kommen und Dich mitnehmen. Ich hoffe sehr, Du hast Zeit. Nimm etwas für die Nacht mit." Natürlich hatte ich Zeit! Auf Robert habe ich mich wahnsinnig gefreut. Doch vor dem Besuch seiner Familie hatte ich nicht nur ein wenig Bammel. Wie werde ich mich fühlen, sollte ich bei ihnen durchfallen?

Unterwegs hat er mir gesagt, dass die Fahrt zu seiner Familie etwa drei Stunden dauert. Ich habe ihn gebeten, mir zu verraten, wie es zu dieser Einladung gekommen ist. „Paula, ich habe meinen Eltern nicht verschwiegen, eine wunderbare junge Frau kennen gelernt zu haben, eine junge Frau, in die ich mich unsterblich verliebt hätte. Die ich heiraten möchte, wenn ich mein Examen hinter mir und eine gesicherte Anstellung vor mir hätte." Als er zu mir hinüberblickte, hat er Tränen bei mir gesehen. „Paula, warum weinst du?" hat er gefragt. „Ich weine nicht, ich bin nur glücklich. Du hast eben etwas Wunderschönes gesagt, etwas, was du bisher in dieser Weise noch nie zu mir gesagt hast." Er hat die nächste Möglichkeit genutzt, um am Straßenrand anzuhalten und mich zu küssen. „Lass sie doch hupen, Paula, ich liebe dich!" Die weitere Fahrt habe ich mit Vorfreude genießen können.

Bei seiner Familie angekommen hat es erst mal ein großes Hallo gegeben. Seine jüngeren Geschwister haben das Auto umringt und beim Aussteigen gesagt: „Du bist also die Freundin von Robert." „Ja, ich bin Paula", habe ich geantwortet. Dann habe ich seine Eltern in der Tür gesehen. Sein Vater erschien mir wie Robert in einer älteren Version, die Ähnlichkeit war verblüffend. Seine Mutter, kleiner und lieb aussehend, hat mir ein umwerfendes Lächeln geschenkt, als Robert und ich näher gekommen sind. „Kommt doch erst mal herein", hat sie gesagt. Drinnen hat Robert mich an der Hand genommen und vorgestellt: „Das ist Paula, meine große Liebe." „Willkommen, Paula", sagte Roberts Vater mit einem festen Händedruck und einem freundlichen Blick. „Schön, dass wir dich kennen lernen", sagte seine Mutter – und umarmte mich ganz spontan. Roberts Geschwister waren ganz ungeduldig: „Paula, komm in unser Zimmer, wir möchte dir etwas zeigen." Auf meinen fragenden Blick sagte Roberts Mutter: „Geh ruhig mit, wir sehen uns beim Abendbrot." Im Zimmer habe ich dann eine quer durch den Raum hängende Banderole gesehen, auf die der Schriftzug „Willkommen Paula" aufgemalt war. „Das habt ihr gemacht?" habe ich gestaunt. „Ja", haben die Mädchen gerufen. „Und ich habe sie aufgehängt", sagte ihr älterer

Bruder. „Wie schön!" konnte ich nur sagen und habe mich hilfesuchend nach Robert umgesehen. Der hat sofort verstanden, seinem Bruder den Autoschlüssel in die Hand gedrückt und ihn gebeten, meine Reisetasche aus dem Auto zu holen. Seinen kleineren Schwestern hat er gesagt: „Ihr werdet Paula noch öfter sehen. Jetzt müsst ihr sie aber erst mal ankommen lassen, damit sie sich etwas frisch machen und ihr Zimmer beziehen kann. Wir sehen uns beim Abendbrot."

„Ich zeige dir, wo das Bad und wo dein Zimmer ist." Als wir das mir zugewiesene Zimmer betreten haben, hat Robert mich erst mal in die Arme genommen und geküsst. „Ist das dein Zimmer?" habe ich gefragt. „Ja, hier schlafe ich, wenn ich in den Semesterferien zuhause bin. Ansonsten ist dieses Zimmer unser Gästezimmer." „Und wo schläfst du heute?" „Ich werde im Zimmer meines Bruders schlafen. Ich lasse dich jetzt für ein paar Minuten allein, damit du dich einrichten kannst. Hier liegt ein Handtuch für dich. Ich helfe meiner Mutter beim Abend-brottisch und hole dich dann ab." Ich habe mich umgeschaut. Das Zimmer ist ebenso wie das, was ich bisher von der Wohnung gesehen habe, schlicht und sehr zweckmäßig eingerichtet. Ich war den Trubel einer so großen Familie nicht gewohnt und musste mich erst mal besinnen. Das Pralinenpräsent aus meiner Tasche habe ich schon einmal bereitgelegt, um es zum Abendbrot mitzunehmen.

Nach etwa zwanzig Minuten hat Robert mich abgeholt und ins Esszimmer geführt, wo wir einen gedeckten Tisch und seine Mutter angetroffen haben, der ich mein Präsent überreichen konnte. Sie hat sich bedankt und gemeint, das sei aber nicht notwendig. Nach dem Ruf „Abendbrot" füllte sich das Zimmer, in wenigen Minuten haben mit mir sieben Personen um den Tisch herum gesessen. Ich habe mich ganz still verhalten und dem lustigen Treiben einer so großen Familie zugesehen. Bis Roberts kleine Schwestern begonnen haben, mich auszufragen. Nach dem Ende des Abendbrots sollte ich unbedingt am Monopoly-Spiel teilnehmen. Sowie der Tisch abgeräumt war, fanden sich alle Familienmitglieder zu diesem Gesellschaftsspiel zusammen. Es herrschte eine lustige Stimmung, ich habe gemerkt, dass es in dieser Familie üblich ist, abends noch gemeinsam zu spielen. Und dass es keinem Teilnehmer wichtig war, zu gewinnen.

8

Nachdem Roberts kleine Schwestern zur Nachtruhe in ihrem Zimmer waren und sein Bruder sich zurückgezogen hatte, „um bis zu seinem Einschlafen noch an seinem Flugmodell weiter zu basteln", wie Robert sagte, haben seine Eltern, er und ich noch eine Stunde im Wohnzimmer gesessen, um zu berichten und die Fragen seiner Eltern zu beantworten. „Paula, ich freue mich, dich kennen zu lernen", fing Roberts Mutter das Gespräch an. „Ich habe dich einfach mit Du angesprochen und gar nicht gefragt, ob dir das überhaupt recht ist." „Oh, mir ist das lieb. Ich habe mich hier bei Ihnen sofort wohl und angenommen gefühlt." „Uns Eltern ist es mit dir ebenso gegangen. Dürfen wir dir ein paar Fragen stellen? Was machst du und wie alt bist du?" Ich habe berichtet, meine Ausbildung als Arzthelferin und medizinische Fachangestellte vor kurzem beendet zu haben und in einer Hausarztpraxis zu arbeiten. Ich sei einundzwanzig Jahre alt und würde noch bei meinen Eltern wohnen. „Robert hat uns nicht allzu viel von euch erzählt", meinte sein Vater, „wann und wie habt ihr euch kennen gelernt?" Ich habe Robert angeschaut, er hat mir zugeflüstert: erzähl ruhig. Ich habe meinen Mut zusammengenommen und berichtet, auf welche Weise und unter welchen Umständen wir uns getroffen haben. „Aber da warst du erst achtzehn Jahre alt und Robert war neunzehn", wunderte sich seine Mutter. Da hat Robert sich eingeschaltet. „Mama, als wir uns zu ersten Mal gesehen haben, wussten wir noch nichts voneinander. Ein ganzes Jahr danach haben wir uns nicht sehen können, es hat nur ein Briefkontakt bestanden. Erst, als ich mich wegen des Forschungsprojektes damals in einer Uni in der Nähe ihres Wohnorts eingeschrieben hatte, konnten wir uns zum zweiten Mal sehen. Seitdem sind wir verliebt ineinander. Mit großen Zeitabständen zwischendurch haben wir uns danach noch wenige Male treffen können und beschlossen, in Zukunft beisammen zu bleiben". Robert hat mich angeschaut, als ob er mir mitteilen wollte, nun sag du auch etwas dazu. „Darf ich ehrlich sein? Ich habe erst wenig Ahnung von der Liebe gehabt, doch bei Robert habe ich schnell gewusst, was ich mir wünsche. Wenn er sein Examen hinter sich und eine feste Anstellung vor sich hat, wollen wir heiraten", habe ich etwas schüchtern ergänzt. „Das beantwortet schon meine nächste Frage, nämlich die, was ihr vorhabt", meinte sein Vater. „Paula", sagte seine Mutter, „wir würden uns freuen, wenn du noch ein oder zwei Tage bei uns bleiben kannst. Du bist herzlich eingeladen. Robert hat dir sicher schon alles gezeigt, was du zur Nacht benötigst. Morgen werden sich noch Gelegenheiten ergeben, über einige Dinge zu sprechen. Jetzt wünschen wir dir erst einmal eine gute Nacht."

Robert hat mich in sein Zimmer gebracht und mir einen langen Gute-Nacht-Kuss gegeben. „Ich glaube, du hast meine Eltern für dich gewonnen, meine Geschwister sowieso", hat er gesagt. „Morgen ist Feiertag. Frühstück gegen neun Uhr. Danach werden wir einen Ausflug machen und auswärts zu Mittag essen. Schlaf dich gut aus." Nach diesem Tag bin ich müde gewesen und bald eingeschlafen. Roberts wunderbare Familie war mein letzter Gedanke, eine Familie, wie ich sie mir mit Robert auch wünsche. Um acht Uhr morgens bin ich aufgewacht, Zeit genug, mich für das Frühstück und für den nachfolgenden Ausflug fertig zu machen. Roberts beide kleinen Schwestern sind in das Bad gestürmt, als ich noch nicht fertig war. „Paula, lass dich nicht stören", haben sie gesagt. Dann wieder sieben Personen am Frühstückstisch, wieder ein fröhliches Hin und Her, dazu Festtagsstimmung: ich bin glücklich gewesen, dabei sein zu dürfen. Sieben Personen haben nicht in das neue Auto der Familie gepasst, deshalb sind Robert und ich im alten Auto hinterhergefahren.

Nach einer Fahrt von knapp einer Stunde sind wir auf einem Waldparkplatz angekommen. „Hier beginnt ein leichter Wanderweg zu einer erneuerten Burg mit einer großen Spielanlage und einem Restaurant. Wir werden ganz gemütlich gehen und etwas mehr als eine Stunde brauchen. Traut sich jeder von uns das zu?" fragt Roberts Vater. Dass das eine nur rhetorische Frage gewesen ist, war schnell zu erkennen. Während Roberts Geschwister einen Weg durch das Gestrüpp- und Waldgebiet neben unserem Wanderpfad gesucht haben, sind Robert und sein Vater vorneweg, seine Mutter und ich hinterher dem Pfad gefolgt. Als ich seiner Mutter meine Bewunderung für ihre Familie mitgeteilt habe, hat sie mich nach meiner Familie gefragt. Dann hat sie von ihrer Familie erzählt. Unser Gespräch war so interessant, dass ich gar nicht gemerkt habe, dass wir schon angekommen waren. Roberts Geschwister haben sofort die Spielanlage gestürmt, während seine Eltern sich im Restaurantbereich nach einem großen Tisch für uns alle erkundigt und Robert und ich einen ersten Blick in die renovierte Burganlage geworfen haben. Als ein großer Tisch frei geworden ist, wurde zum Mittagessen gerufen. Während die Erwachsenen sich schnell auf ein ortsübliches Gericht, Kassler mit Sauerkraut und Knödel, geeinigt haben, haben Roberts Bruder und seine Schwestern sofort gewusst, was sie essen wollen: eine große Portion Nudeln mit Tomatensoße. Für alle wurde ein großer Krug mit Apfelsaftschorle auf den Tisch gestellt. Zum Nachtisch gab es ein Eis am Stiel. Wieder habe ich mich gefreut, wie selbstverständlich das Essen in diesem großen Kreis funktioniert hat, kein Streit, kein Gemecker und schon gar kein Schimpfen. Unterwegs ist es mir zum ersten Mal aufgefallen, erst recht jetzt in dieser Burganlage: in dieser Familie sind alle gewohnt, das tun zu dürfen, was sie mögen. Und sie danken das, indem sie aufeinander achten und vermeiden, ihren Willen durchsetzen zu wollen. Ich bin schwer beeindruckt gewesen.

Nach dem Mittagessen durften die Kinder wieder spielen, während Roberts Eltern sich auf eine Bank im Schatten gesetzt und Robert und ich einen genaueren Blick in die Burg geworfen und die Schautafeln studiert haben. Auf dem Rückweg haben seine beiden Schwestern mich an der Hand genommen und sind mit mir durch das Gestrüpp und den angrenzenden Wald gegangen. „Mit unseren Brüdern können wir ja nicht reden", haben sie gesagt, „aber du bist ein Mädchen wie wir." Und dann haben sie mich in rührend kindlicher Weise zu meiner Beziehung zu Robert ausgefragt; wie wir uns kennen gelernt haben und ob wir uns lieben. Ich habe ihnen geantwortet, so gut ich das konnte. „Ich möchte später einmal auch so einen

Freund wie du haben", hat die Ältere von ihnen gesagt. Auf der Rückfahrt wollten beide Mädchen dann nicht im Auto ihrer Eltern, sondern mit Robert und mir fahren.

Nach dem Abendbrot ist dann wieder Monopoly gespielt worden. „Die Mädchen können gar nicht genug davon bekommen, besonders jetzt, wo du, Paula, da bist", hat ihre Mutter gesagt. Ich habe gern mitgespielt, obwohl ich vom Geschehen des Tages her ein wenig erschöpft gewesen bin; solch einen Familientrubel, so schön er ist, war ich nicht gewohnt. Erst später, als seine Eltern, Robert und ich vor der Nachtruhe wieder für eine Stunde zusammengesessen haben, war ein ruhiges Gespräch möglich. „Paula", hat Roberts Vater gesagt, „wie schön, dass wir dich kennen gelernt haben. Seitdem du hier bist und seitdem wir einen gemeinsamen Ausflug gemacht haben, verstehe ich, was Robert meint, wenn er uns Eltern sagt, du seist seine große Liebe." Mit einem Zwinkern zu seiner Frau sagt er: „Wenn ich nicht schon glücklich verheiratet wäre, könnte ich mich glatt in Paula verlieben." Nach einem leisen Protest seiner Frau fuhr er fort: „Im Ernst, Paula, du passt in unsere Familie, als wärst du schon lange bei uns. Meine Frau und ich wären froh, wenn ihr beiden, Robert und du, das erreichen könnt, was ihr euch wünscht".

Robert, der bis dahin nur zugehört hatte, erkundigte sich bei seiner Mutter, ob es nicht noch eine Flasche Sekt im Keller gibt. „Was hat der Junge vor?" fragte sie, als Robert unterwegs war.

Erst rumorte er in der Küche, dann kam er mit der geöffneten Sektflasche und vier Kelchgläsern ins Wohnzimmer. Nachdem die Kelche gefüllt waren, ist er stehen geblieben, hat geschwiegen, bis sich das Staunen über sein Verhalten gelegt hatte, und hat dann nur eine Frage gestellt: „Paula, willst du meine Frau werden?" Ich bin zuerst erschrocken gewesen. Dann habe ich mich gefasst und begriffen, was er gerade gefragt hat. Mir sind die Tränen gekommen. Ich habe nur noch leise „Ja" sagen können. Er hat mich in die Arme genommen und geküsst, während seine Eltern spontan geklatscht haben. „Lasst uns auf diese wunderbare Verlobung anstoßen", hat sein Vater gesagt. Ich weiß nicht mehr, wie ich an diesem Abend ins Bett gekommen bin, ich weiß nur noch, welch langen Gute-Nacht-Kuss Robert und ich ausgetauscht haben.

Das Familienfrühstück am nächsten Morgen ist mir gar nicht mehr in Erinnerung, ich habe mich mit meinen Gedanken wohl ganz woanders befunden. Der Abschied ist herzlich und liebevoll gewesen, ich habe mich bedankt, Roberts Schwestern haben mir mitgegeben, bald wieder zu kommen. Das sind alles nur noch Erinnerungsfetzen. Auch auf der Rückfahrt zu mir nach Hause bin ich zuerst schweigsam gewesen. Nach einer Weile hat Robert gefragt, was mit mir ist. „Robert, ich weiß nicht, was ich sagen soll", war das Erste, was ich an diesem Tag zu ihm gesagt habe. „Was du gestern Abend gemacht hast, meinst du das wirklich ernst?" „Mir ist es noch nie so ernst gewesen wie gestern Abend. Wie von jetzt an immer! Du hast

‚ja' gesagt, aus dieser Sache kommst du nie wieder heraus! Ich werde dich nie mehr loslassen." Ich habe meinen Kopf an seine Schulter lehnen müssen. „Robert, ich bin so glücklich. Ich verspreche dir, niemals ‚aus dieser Sache wieder herauszuwollen', wie du eben gesagt hast. Du hast mich nur unglaublich überrascht, damit habe ich überhaupt nicht gerechnet. Wir sind ja noch so jung, und du bist mit deinem Studium noch nicht fertig." „Paula, spätestens als ich gesehen habe, wie du auf meine Familie gewirkt hast, habe ich gewusst: diese und keine andere! Du musst wissen, meine Eltern sind nicht jedermann und jeder Frau gegenüber so offen, wie du das erlebt hast. Mit deiner Art hast du sie im Handumdrehen gewonnen. Nicht nur sie, auch meine sonst eher kritischen kleinen Schwestern."

Nach einer im Wesentlichen schweigsamen Fahrt angekommen, habe ich ihn gefragt, ob er bei mir bleiben kann. „Ich muss das Auto noch zurückbringen und dann mit der Bahn an meinen Studienort zurückkehren. Das kann ich alles morgen machen. Heute bin ich für dich da." Und wie er für mich da gewesen ist! „Wir sind verlobt, fast schon verheiratet!" hat er gesagt und mich mit all seiner jugendlichen Kraft geliebt. „Robert, lass uns eine Familie wie die Deine gründen, sowie du fertig bist. Lass uns viele Kinder in die Welt setzen. Lass uns jetzt schon ein wenig das üben, was zum Kindermachen notwendig ist." Robert ist bei mir, wir haben uns zwar zwei

Tage lang sehen können, doch jetzt erst können wir das tun, wonach wir uns monatelang gesehnt haben.

9

Seit unserer Hochzeit lasse ich die Pille weg. Noch habe ich Robert nichts davon gesagt; ich möchte ihn überraschen. Wir haben unsere Hochzeit gefeiert, sowie Robert sein Diplomexamen mit Prädikat hinter sich hatte und ihm überraschend eine Doktorarbeit angeboten worden ist. Ich bin bei dem Trubel um Diplomexamen und Hochzeitsvorbereitungen kaum zur Besinnung gekommen. Roberts Eltern haben die Hochzeitsfeier in seiner Universitätsstadt ausgerichtet. Nach der Feier mit unseren Familien und Freunden und deren Abreise sind wir uns in unserer kleinen Wohnung erschöpft in die Arme gefallen. Unsere Hochzeitsreise haben wir auf die nächste gemeinsame Urlaubszeit verschoben. Das erweist sich als gute Entscheidung, denn wir müssen jetzt erst einmal unser Dasein als Eheleute ordnen. Robert muss sich als Doktorand und Hilfsassistent am geologischen Institut eingewöhnen, während ich drei Ziele habe: meine neue Arbeitsstelle an einer großen Hausarztpraxis kennen zu lernen, unseren kleinen Haushalt in den Griff zu nehmen und möglichst bald unser erstes Kind zu bekommen. Beide müssen wir uns an das gewöhnen, was wir noch nicht kennen: den Alltag. Ist unsere

Beziehung auch alltagstauglich? Das wissen wir noch nicht, das wird das kommende erste Ehejahr zeigen. Einen Vorzug hat unser Alltag: wir können uns jederzeit lieben, wann es uns überkommt. Monatelanges Warten – das ist vorbei. Keinerlei Verabredungen sind erforderlich, keine Besuchsfahrten müssen geplant werden, auf niemanden muss Rücksicht genommen werden. Wir sind beide noch jung, Robert ist vierundzwanzig, ich bin dreiundzwanzig Jahre alt. Unsere Abenteuerlust lässt uns alles Erotische ausprobieren, was Spaß macht – und was Kindermachen verspricht, denke ich für mich.

Jetzt warte ich schon ein halbes Jahr darauf, Robert mit der Nachricht überraschen zu können, dass ich schwanger bin. Doch nichts tut sich. Muss ich mir Sorgen machen? Bei der Frauenärztin erkundige ich mich, ob bei mir alles stimmt. „Soweit ich das durch Untersuchungen feststellen kann, ist bei Ihnen alles in Ordnung. Sie können jederzeit ein Kind bekommen." Also weiter hoffen, denke ich. Ich weiß, Stress in Beruf und Familie kann auch die Folge haben, zeitweise unfruchtbar zu sein; das gelte für den Mann wie für die Frau. Wir beide haben aber keinen Stress. Meine Arbeit als Arzthelferin macht mir Spaß; in der Arztpraxis habe ich nette Kolleginnen gefunden. Bei Robert sehe ich, dass er ebenfalls mit seiner Arbeit im Institut zufrieden ist. Mit Alkohol oder mit dem Rauchen haben wir keine Probleme; der Genuss von Alkohol ist auf den einen oder anderen Rotweinschoppen am Abend beschränkt, unsere kleine Wohnung ist eine Nichtraucherzone. Wieso werde ich nicht schwanger? Es ist verrückt: meine jungen Kolleginnen berichten, was sie alles unternehmen, um nicht schwanger zu werden – und ich kann zu diesem Thema nur schweigen, weil ich gerade umgekehrt schwanger werden will. Eine ältere Kollegin nimmt mich zur Seite und fragt mich, warum ich nichts zu diesem Thema sage. Zu ihr habe ich Vertrauen, deshalb berichte ich ihr, dass mein Mann und ich schon seit der Hochzeit darauf hinarbeiten würden, ein Kind zu bekommen. Und dass es nicht an mir läge, wie mir meine Frauenärztin nach einer gynäkologischen Untersuchung versichert hätte. „Weißt du denn, dass das auch am Mann liegen kann?" Auf diesen Gedanken bin ich noch gar nicht gekommen! Bei meinem sexuell so herrlich potenten Mann ist mir ein solcher Gedanke auch so was von fremd!

Nach einem Jahr fragt Robert mich, wie das mit meinem Kinderwunsch aussieht. „Lass uns viele Kinder in die Welt setzen, hast du kurz vor unserer Hochzeit gesagt. Meine Familie sei dein großes Vorbild. Du weißt, wie gern ich viele Kinder mit dir haben möchte. Ich denke, wir sollten jetzt damit anfangen, oder bist du inzwischen anderer Meinung?" Nun ist es vorbei mit meiner Absicht, ihn zu überraschen! Im Gegenteil, jetzt habe ich ein Problem! „Ich muss dir ein Geständnis machen, Robert. Seit unserem Hochzeitstag lasse ich die Pille weg. Ich habe dir das verschwiegen, weil ich dir eine Freude bereiten wollte, weil ich dich mit einer Schwangerschaft überraschen wollte." „Was? Seit einem Jahr wirst du nicht schwanger?" ruft er. Diese Art von Überraschung habe ich ihm nicht bereiten wollen! „Robert, ich habe in der letzten Zeit vor dir verborgen, wie sehr mich diese Tatsache mit Besorgnis erfüllt hat. Ich habe dir auch nicht mitgeteilt, dass ich bei meiner Frauenärztin gewesen bin und um eine genauere gynäkologische Untersuchung gebeten habe." „Und was hat die festgestellt?" „Sie hat mir mitgeteilt, dass alles in Ordnung sei. Ich sei im besten gebärfähigen Alter und könne jederzeit ein Kind bekommen."

Nach diesem Geständnis erlebe ich einen Robert, der mir bislang unbekannt ist: nach seinem ersten Erstaunen ist er in sich gekehrt und in einer Weise nachdenklich, die mich besorgt macht. Nimmt er mir meine Geheimniskrämerei übel? Ich kann das nicht glauben, denn ich habe ja nichts getan, was unserer Beziehung schadet. Im Gegenteil, ich habe unsere Beziehung befeuert, so gut ich konnte, weil ich ihn über alles liebe, und weil ich ihn überraschen wollte. Nur ist diese Überraschung so ganz und gar nicht gelungen! Es gibt schon merkwürdige Wendungen im Leben, muss ich denken. Bei meiner Schwester habe ich es gesehen, bei meinem Ex-Freund habe ich es in jungen Jahren erlebt: eine Beziehung ist in erster Linie dadurch gefährdet, dass sie nicht ehrlich ist und nicht glücklich sein lässt. Meine Beziehung zu Robert ist immer ehrlich gewesen und hat mich immer glücklich gemacht. Wie kann es dann zu solch einer Verstimmung kommen?

Die nach diesem Tag folgende Nacht ist eine Nacht, wie ich sie mit Robert noch nicht erlebt habe. Unsere Nächte sind bisher Liebesnächte gewesen, erfüllt von Zärtlichkeit und wildem Verlangen. Doch in dieser Nacht ist nichts davon zu spüren. Wir bleiben stundenlang wach, liegen nebeneinander und spüren zwischen uns eine Kraft, die ich nicht verstehe, weil sie uns auf Distanz hält. Ich liebe ihn doch und will ihm helfen! Schließlich reicht es mir, ich beuge mich zu ihm hinüber und küsse ihn ganz sanft. „Robert, denkst du auch, dass es nicht sein kann, dass wir uns nicht mehr verstehen, nur weil bei mir noch keine Schwangerschaft eingetreten ist? Lass uns in Frieden schlafen und morgen darüber sprechen." Nach einer Weile höre ich sein ruhiges Atmen. Doch so schnell komme ich nicht zur Ruhe.

Nach einem normalen Arbeitstag sitzen wir am Abend bei einem Schoppen Rotwein beisammen. „Paula", fängt er das Gespräch an. „Paula, ich bitte dich wegen meiner Reaktion gestern Abend um Verständnis. Ich nehme dir nicht übel, ein Jahr lang ein Geheimnis vor mir zu haben, mich im Glauben zu lassen, du wirst nicht schwanger, weil du noch verhütest. Ich bin nur erschrocken, weil du gar nicht verhütet hast und dennoch nicht schwanger geworden bist! Bist du sicher, dass deine Frauenärztin dich korrekt informiert hat?" „Ich glaube schon. Sie ist eine anerkannte Kapazität." „Dann muss ich mir ernsthaft eine Frage stellen, an die ich bislang noch nie gedacht habe, nämlich die Frage, ob es an mir liegt, dass du nicht schwanger wirst." Nach diesem inhaltsschweren Satz spricht sein Gesicht Bände. Ich weiß noch, wie sehr es seinen Stolz getroffen hat, als es vor unserer Hochzeit um seine Geldprobleme gegangen ist. Schon da konnte er einen ähnlichen Gesichtsausdruck wie jetzt bekommen. Wie mag es ihn treffen, sollte sich herausstellen, dass es an ihm liegt! Ich kann diese Ungewissheit nicht länger aushalten und will ihm helfen.

„Robert, ich arbeite in einer großen Hausarztpraxis und habe Zugang zu speziellerer Literatur. Das Problem der Kinderlosigkeit in manchen Ehen ist bekannt und wird dort breit diskutiert. Viel weiß man allerdings noch nicht. Oft liegt es an der Frau. Manchmal auch am Mann. In unserer Universitätsstadt praktiziert ein Urologe, der sich des Themas: Ursachen der Unfruchtbarkeit beim Mann angenommen hat. Den würde ich dir empfehlen, solltest du dich überhaupt mit einem derartigen Gedanken anfreunden können." Sein Gesichtsausdruck hat sich nicht geändert, im Gegenteil, ich sehe, wie es in ihm arbeitet. Ich erkenne aber auch, wie wenig ich von dem verstehe, was den Stolz eines Mannes ausmacht. Erst die Sache mit seiner Armut während des Studiums, jetzt die für ihn so unerwartete Frage: bin ich überhaupt fruchtbar? Wie mag er sich gerade fühlen? Habe ich ihm im guten Glauben einen fachlichen Ratschlag gegeben, der ihm das Gefühl nehmen wird, ein vollständiger Mann zu sein? Oh Gott, welche Gräben tun sich da plötzlich auf!

In der Nach ignoriere ich die Kraft, die uns auf Distanz halten
möchte. Ich schlüpfe zu ihm hinüber und nehme ihn in meine
Arme. „Egal, Robert, was mit uns ist, ich liebe dich jetzt und
werde dich immer lieben. Ich wird dich auch dann lieben,
sollten wir den Traum einer großen Familie aufgeben müssen."
Welche Veränderung unsere Beziehung gerade erlebt,
bekomme ich sofort zu spüren. Nach einer solchen Liebeserklärung hätten wir uns vor zwei Tagen noch gar nichts
anderes vorstellen können als uns auf der Stelle nach allen
Regeln der erotischen Kunst zu lieben. Doch jetzt nur das: „Ich
liebe dich, Paula, ich muss aber erst noch nachdenken". Er gibt
mir einen sanften Gute-Nacht-Kuss und dreht sich auf seine
Einschlafseite. Seine sonst so wunderbare Zärtlichkeit, seine
prächtig vorhandene und von mir so geliebte Männlichkeit ist
wie weggeblasen!

10

Ein halbes Jahr später hält Robert einen Bescheid des Urologen
in seinen Händen: „Zur Unfruchtbarkeit würden nicht die bei
Männern am häufigsten auftretenden Ursachen beitragen:
Anzahl und Beweglichkeit der Spermien", steht da. Ursache sei
vielmehr eine Art von immunologischer Sterilität, vermutlich
eine Bildung von Antikörpern gegen die eigenen Spermien,
durch die deren Wirksamkeit eingeschränkt würde. Eine

abschließende Diagnose sei noch nicht möglich, ebenso wäre noch keine Therapie bekannt, weil die Forschung zu dieser seltenen Art von Sterilität noch ganz am Anfang stünde. Als wir diesen Bescheid besprechen, frage ich Robert: „Ist so etwas aus deiner Familie bekannt?" „Nein, das bin ich auch schon vom Urologen gefragt worden. Er meint, spontane Immun-reaktionen des Körpers seien jederzeit möglich; in vielen Fällen sei deren Ursache noch unbekannt. Dort, wo eine Ursache ausgemacht werden kann, gäbe es Ansätze zu einer Therapie."

Nach einer Zeit der Hoffnung auf eine große Familie müssen wir nun zur Kenntnis nehmen, wie unsere Zukunft aussehen wird: keine Kinder! Ein Lebenstraum ist geplatzt! Was das für die Zukunft unserer Beziehung bedeuten wird und wie wir damit umgehen wollen, darüber haben wir noch gar nicht sprechen können. Mir steht das letzte halbe Jahr vor Augen, ein halbes Jahr, wie ich es nicht mehr erleben möchte. Nachdem Robert bewusst geworden ist, dass unsere Kinderlosigkeit an ihm liegen könnte, hat es einige Wochen gedauert, bis er bereit gewesen ist, sich dieser Wahrheit zu stellen. Es ist nicht so, dass wir in diesen Wochen nicht freundlich und liebevoll miteinander umgegangen sind, nein. Viel schlimmer für mich ist, dass es zwischen uns nicht mehr das gibt, was ich eine Liebesbeziehung nenne, jene Beziehung, die ich so sehr brauche wie sonst nichts, jene Zärtlichkeiten, jenen körper-lichen Spaß und jene Leidenschaft, an die wir uns gewöhnt haben, seit wir uns kennen. Vorher, als alles noch da war und wie selbstverständlich erlebt worden ist, ist mir nie bewusst gewesen, wie wichtig für mich das Gefühl ist, mit Robert zusammen ein Liebespaar zu sein, das nicht nur jederzeit der Befriedigung körperlicher Bedürfnisse nachgehen kann, sondern dies auch tut. In meiner Jugend habe ich solche Bedürfnisse, so unerfahren, wie ich gewesen bin, natürlich nicht gekannt, sie sind aber, nachdem ich Robert kennen und lieben gelernt habe, für mich unverzichtbar geworden. Einige Wochen, nachdem Robert die Mitteilung des Urologen erhalten und sich in sein Schneckenhaus zurückgezogen hat, ist mir tatsächlich durch den Kopf gegangen, ob ich mich dann, wenn dieser unbefriedigende Zustand anhält, nach einem männlichen Ersatz umsehe. Eine Gelegenheit dafür hätte ich sofort, denke ich an Sebastian, Roberts netten Kollegen, der mir seinerzeit auf der kleinen Feier zum Abschluss des Forschungsprojektes an der Uni in der Nähe meines Elternhauses seine Zuneigung gestanden und mir sogar einen Brief geschrieben hat, einen Brief, von dem Robert nichts weiß, und den ich aufgehoben habe.

Als sich dieser Gedanke an einem Abend in meinem Kopf ausgebreitet hat, als ich einsam im Wohnzimmer gesessen habe, während Robert sich an seinem Schreibtisch vergraben hat, bin ich sehr erschrocken. Das kann doch nicht wahr sein, denke ich! Ich werde Robert, den liebsten und großartigsten Mann der Welt, doch niemals verlassen! Was ist da in mich gefahren? Ist es jene biologische Waffe der Natur, jener drängende Wunsch nach eigenen Kindern, der solche Gedanken in mir erst entstehen lässt? Derartigen Gedanken will ich mich keinesfalls hilflos ausliefern! Ich habe zwar keine Ahnung, ob es einen Weg in eine familiäre Zukunft geben wird. Unter keinen Umständen aber werde ich etwas tun, was unsere Liebesbeziehung bedroht oder gar zerstört!

Unsere Liebesbeziehung. Das, was ich seit dem Bescheid des Urologen erlebe, ist alles andere, nur keine Liebesbeziehung. An mir, so glaube ich, liegt es nicht, wenn unserer Beziehung die Liebe, die körperliche Nähe, die Leidenschaft abhandengekommen ist. Nach der Mitteilung, keine Kinder zeugen zu können, ist Robert in sich gekehrt und zeigt keine Bereitschaft, mir sein Gefühlsleben zu offenbaren. Ist das vielleicht erstarrt? Kann es sein, dass das Bewusstsein, keine Kinder zeugen zu können, jegliche Libido eines ansonsten gesunden, tatkräftigen und jungen Mannes lahmlegen kann, habe ich mich gefragt.

Dass es aber um ganz andere Gedanken gehen könnte, mit denen er sich herumschlägt, habe ich nicht gedacht. Erst, als ich ihm eindringlich deutlich gemacht habe, diesen Zustand unserer Beziehung nicht länger aushalten zu können, ist er bereit, darüber zu sprechen. „Paula", beginnt er das Gespräch, „Paula, auch ich möchte nicht mehr so wie in den letzten Monaten statt mit dir zusammen nur neben dir her leben. Nach dem Tiefschlag, den ich habe einstecken müssen, nämlich keine eigenen Kinder zeugen zu können, habe ich über unsere

Zukunft lange nachgedacht." In die Pause, die entsteht, muss ich fragen: „Worüber hast du nachdenken müssen?" „Paula, ich weiß wie sehr du dir Kinder wünschst. Bei deinem Besuch meiner Familie damals, als wir uns verlobt haben, habe ich gesehen, wie wunderbar du dich in eine Familie hineinfinden kannst, wie sehr du sie bereicherst und wie glücklich dich das macht. Jetzt stellt sich heraus, dass dein Traum von einer eigenen Familie geplatzt ist und ich als Mitglied deiner Traumfamilie zudem noch schuld daran bin. Ich glaube, ich habe eine nur schwache Ahnung davon, wie enttäuscht du sein musst. Ich habe hin und her überlegt und mich gefragt, ob es für dich eine Zukunft geben kann, die dir deinen Lebenstraum wiedergibt." Wieder lässt er eine Pause, die ich beenden muss, weil ich plötzlich von Angstgefühlen überfallen werde. „Robert, worüber hast du nachgedacht?" „Ich weiß nicht, ob ich es fertigbringen kann, dir einen Vorschlag zu machen. Du bist in einem Alter, in dem andere Frauen sich verlieben und im Gegensatz zu uns an das Kinderkriegen überhaupt noch nicht denken. Ich will damit sagen, du bist noch so jung, dein ganzes Leben liegt noch vor dir, ein Leben, das du nach deinen Wünschen und deinen Träumen gestalten kannst." Jetzt haben bei mir die Alarmglocken geschrillt. „Robert, was willst du mir mit diesen Worten mitteilen?" Ich sehe Tränen in seinen Augen, als er dann leise sagt: „Paula, ich gebe dich frei. Suche dir einen Mann, mit dem du Kinder haben kannst."

Völlig erschlagen sitze ich da und kann ihn nur noch anstarren! Bis ich meine Sprache wiederfinde. „Robert, liebst du mich nicht mehr?" frage ich ihn mit den Tränen kämpfend. Es dauert nicht lange, bis er antwortet. „Paula, wenn ich jetzt mit ja antworten würde, müsste ich lügen." Im Wirrwarr meiner Gefühle und meines Verständnisses fällt mir immer schwerer, zu begreifen, was gerade geschieht. „Robert, du liebst mich und willst mich dennoch freigeben?" „Ja", ist seine kurze Antwort.

Ich habe bislang in meinem Dasein noch keinen derart ergreifenden Augenblick erlebt! Wie furchterregend auf der einen Seite und wie großartig das Leben auf der anderen Seite sein kann! Dieser Gedanke ist mir plötzlich durch den Kopf geschossen, er wird mir bestimmt auch die nächste schlaflose Nacht bescheren. Robert hat mir erklärt, mich frei zu geben, obwohl er mich liebt. „Ich gebe dich frei, weil ich dich über alles liebe", hat er mir statt eines Gute-Nacht-Kusses noch ins Ohr geflüstert. Es hat zwei weitere Wochen gedauert, bis ich das Gefühlschaos ordnen kann, das diese Erklärung Roberts in mir hinterlässt. Bis ich halbwegs begreifen kann, was er mir da anbietet. Bis ich wenigstens ansatzweise weiß, was ich will. Bei dieser Frage: was will ich denn? habe ich mich gefragt, wer derjenige ist, der sich als mein ‚Ich' ausgibt. Sind es meine Gefühle? Ist es mein Herz? Oder ist es mein Verstand? Wollen sie dasselbe, oder arbeiten sie aneinander vorbei oder sogar gegeneinander? In diesen Wochen hilft mir, dass Robert im Zusammenhang mit den Arbeiten an seiner Dissertation auf einer Vortrags- und Exkursionsreise ist, und dass bei mir in der Hausarztpraxis Hochbetrieb wegen einer Impfkampagne herrscht. Ich kann abends zwar erschöpft einschlafen, bekomme aber schmerzlich zu spüren, was es heißt, Robert ist nicht bei mir. Und was es bedeutet, ohne ihn über ein so unglaubliches Ansinnen nachdenken zu müssen wie das, von dem er gesprochen hat. Er bietet mir an, ihn zu verlassen. Er gibt mich frei, damit ich meinen Lebenstraum verwirklichen kann, nämlich Kinder zu haben. Und gleichzeitig versichert er mir, wie sehr er mich liebt. In Romanen, die ich zur Entspannung gern lese, sind schon viele Spielarten der Liebe beschrieben worden, auch solche, bei denen es um den Verzicht geht. Doch diese Art von Verzicht, ein Verzicht aus purer Liebe, das ist etwas sehr Besonderes.

In Romanen geht es beim Verzichten darum, den Geliebten, die Geliebte ziehen lassen zu müssen, weil eine dritte Person das Spielfeld betritt. Ich wäre bereit, zu verzichten, wenn das bei Robert der Fall wäre, wenn er sich zu einer anderen Frau hingezogen fühlen würde. Das würde mir zwar das Herz zerreißen, doch der Verzicht auf ihn wäre für mich in einem solchen Fall die einzige Alternative. Doch darum geht es gar nicht. Es geht darum, auf meinen Traum von einer eigenen Familie zu verzichten, bevor ich auf Robert verzichte. Wenn Robert bereit ist, aus Liebe zu mir und meinem Wunsch nach Kindern auf mich, seine große Liebe, zu verzichten, wäre es beschämend, wenn ich nicht bereit wäre, auf meinen

Kinderwunsch zu verzichten und bei ihm zu bleiben! Aber auch das ist noch nicht der wahre Grund für meine Entscheidung, unter allen Umständen bei ihm zu bleiben: ich liebe ihn, er macht mich glücklich, ich kann mir ein Leben ohne ihn nicht vorstellen!

Mit diesem Entschluss im Herzen warte ich auf seine Rückkehr. In welcher Stimmung er wohl sein wird, frage ich mich. Die Änderung meiner Stimmung wird er, so feinfühlig, wie er ist, sicher bemerken. Als er da ist, geht es zunächst um die Vortragsreise, die Exkursion und seine Dissertation. „Wenn alles so klappt, wie ich mir das vorstelle, werde ich in einem Jahr meine Ergebnisse zusammen haben, sie zu einer Doktorarbeit verdichten und ins Rigorosum gehen können." „Und was ist mir deinem Vortrag?" „Meine Zwischenergebnisse haben durchaus Interesse gefunden. Ich kann sehr zufrieden sein. Und wie ist es bei dir gewesen?" „Da gibt es nicht viel zu berichten, außer, dass ich mal wieder das Impfen habe üben dürfen." Über sein unglaubliches Angebot, mich frei zu geben, um mit einem anderen Mann meinen Traum vom Kinderwunsch erfüllen zu können, sprechen wir in den ersten Tagen nicht. Unsere Beziehung, sofern überhaupt von einer Beziehung die Rede sein kann, bleibt unverändert ‚liebevoll distanziert'. Was mir überhaupt nicht behagt! Ich weiß, dass das, wozu wir uns zu entscheiden haben, seine Zeit benötigt. Doch das, was sich gerade einzuspielen droht, der Alltag einer ‚gewöhnlichen Ehe', ist ganz bestimmt nicht meine Vorstellung einer Zukunft!

11

Bevor das Gedankenkarussell, das sich in meinem Kopf immer schneller dreht, aus seiner Verankerung springt, breche ich das Schweigen zwischen uns. „Robert, findest du nicht, wir sollten endlich darüber sprechen, wie unsere Zukunft aussehen wird? Du bist über eine Woche außer Haus gewesen und hast sicher Gelegenheit gehabt, unser Problem mit einem Blick von außen zu betrachten. Jetzt sind weitere Wochen vergangen, in denen wir vor uns hingelebt haben. So, wie ich dich kenne, wirst du bestimmt über unsere künftige Beziehung nachgedacht haben." Nach einigem Zögern gesteht er zu, nach einer Alternative zu seinem Vorschlag, mich frei zu geben, gesucht zu haben. „Bevor ich davon spreche, Paula, solltest du wissen, dass mein Angebot, dich frei zu geben, nach wie vor besteht. Ob du dich überhaupt mit einem Gedanken an eine solche Lösung anfreunden kannst, weiß ich nicht, denn du hast dazu noch nichts gesagt. Ich vermute, das hängt sicher davon ab, welche Bedeutung der Kinderwunsch für dich hat. Deswegen meine Frage, was in Zukunft für dich bedeutender sein wird: Kinder zu haben oder bei mir zu bleiben. So, wie es jetzt aussieht, ist uns beides zugleich verwehrt. Bitte, fühle dich jetzt nicht unter Druck gesetzt. Du kannst dir mit deiner Antwort Zeit lassen. Wenn du das wünschst, können wir irgendwann später darüber reden. So, wie ich dich kenne, glaube ich aber, dass deine

Ungeduld wächst, dass du diese Art von Beziehung, die wir jetzt haben, nicht länger aushalten wirst. Sicher hast du ohnehin über unsere Zukunft nachgedacht. Solltest du dich in der Lage sehen, mir bald eine Antwort geben zu können, würde uns das helfen, von Alternativen zu sprechen."

Ich möchte jedoch nicht länger warten. „Robert, mit deinem Angebot, mich frei zu geben, um Kinder bekommen zu können, hast du mich überfallen – und du hast mich zutiefst berührt. Gleichgültig aus welchem Grund: seit wir uns kennen, habe ich mir nie vorstellen können, mich von dir zu trennen. Das war so und ist auch jetzt so! Ich will ehrlich sein. Auf Kinder verzichten zu müssen, wird mir sehr schwer fallen und mich sehr traurig machen. Doch noch trauriger, noch unglücklicher wäre ich, wenn ich auf dich verzichten sollte. Ohne dich, ohne deine Liebe kann und will ich nicht leben." Nach dieser Liebes- erklärung sieht er mich eine Weile mit leuchtenden Augen an, wird dann aber wieder sehr nachdenklich. „Auch mir geht es so, Paula", sagt er leise. „Doch so, wie ich es jetzt empfinde, wirst du in jedem Fall traurig sein. Ob du bei mir bleibst, oder ob du dich dafür entscheidest, mich zu verlassen, um Kinder zu bekommen. Eine andere als eine traurige Zukunft ist für uns nicht zu sehen. Meinst du, eine solche Zwangslage kann mir gefallen? Nein, nein, nein! Deshalb habe ich lange nachgedacht und nach Alternativen gesucht. Fühlst du dich bereit, darüber zu sprechen?" Nach meinem Nicken fährt er fort. „Paula, du weißt, dass es neben der von der Natur vorgesehenen Weise, als Liebespaar Kinder in die Welt zu setzen, noch andere Wege gibt, Kinder groß zu ziehen. Wir wären nicht die Einzigen, die Kinder auf anderen Wegen eine Zukunft bieten könnten. Als Mitarbeiterin in einer großen Hausarztpraxis kennst du dich bestens aus, deshalb nenne ich nur Stichworte: Wir könnten Kinder in Pflege nehmen, wir könnten Kinder adoptieren. Ich weiß, nichts davon wäre ein Ersatz für eigene Kinder. Doch wir könnten zusammen bleiben und hätten Kinder."

Nach meinem Erschrecken darüber, ohne die von ihm genannten Auswege tatsächlich nur zwei Optionen zu haben, die beide zu tiefer Trauer bei mir führen würden, erscheinen die von ihm genannten Alternativen zunächst wie ein Simsalabim. Doch ich benötige keine lange Zeit zu Nachdenken, um sofort reagieren zu können. „Robert, Kinder in Pflege zu nehmen oder Kinder zu adoptieren, würde mich als Frau, die selbst Kinder bekommen kann, in eine Mutterrolle versetzen, von der ich weiß, sie nur ganz schlecht akzeptieren zu können. Du magst das als reine Gefühlsduselei ansehen, doch solange ich eigene Kinder bekommen kann, sind diese beiden Alternativen ganz weit weg von dem, was ich als Mutterrolle empfinde. Wirkliche Muttergefühle, davon bin ich zutiefst überzeugt, werde ich nur bei eigenen Kindern entwickeln können." „Ich versteh dich, Paula. Ich bin weit davon entfernt, deine Muttergefühle als reine Gefühlsduselei abzutun. Ganz im Gegenteil. Sollten wir eines Tages gleichgültig auf welchem Wege Kinder haben, werde ich vor einem ähnlichen Problem stehen: Vatergefühle für Kinder zu entwickeln, die nicht meine leiblichen Kinder sind. Ob ich das schaffen kann, wie ich das bewältigen werde, weiß ich nicht." Daran habe ich bis jetzt noch gar nicht gedacht! Es stimmt aber: wie wird Robert mit Kindern umgehen, die nicht seine Kinder sind?

Obwohl eine Lösung unseres Problems auch nicht entfernt in Sicht ist, haben diese ersten Gespräche eine von mir so sehnlichst erwünschte Folge: in unsere schon etliche Zeit ruhende Beziehung kommt wieder Leben. Nach ersten zögerlichen Zärtlichkeiten ist es so, als würde ein Damm brechen. Unsere angestauten Begierden brechen sich mit einer elementaren Wucht Bahn, mit einer Wucht, die ich so sehr liebe. Und mit einer Befriedigung, die ich so sehr brauche. „Weißt du, Paula", meint Robert gut gelaunt, „weißt du eigentlich, wie gut wir es haben? Wo andere Paare ständig darauf achten müssen, dass das, was sie am liebsten tun, keine unerwünschten Folgen hat, können wir völlig sorglos sein! Ich muss an früher denken, als es uns genauso ergangen ist. Hätten wir damals gewusst, was wir heute wissen, wer weiß, wie hemmungslos wir herumgevögelt hätten." Ich muss lächeln, nach langer Zeit wieder einen so entspannten Robert zu erleben.

Nach einigen Tagen fragt er mich, was ich von einer dritten Alternative, einer Samenspende halten würde. „Deinen Wunsch nach eigenen Kindern, Paula, kann ich gut verstehen!

Bei einer Samenspende bist du die leibliche Mutter eines Kindes, deine Muttergefühle wären zudem das Beste, was deinem Kind passieren kann. Ist dir diese Alternative schon einmal in den Sinn gekommen?" „Ja, ich habe aber noch nicht weiter darüber nachgedacht, weil diese Samenspende ja nicht von dir, sondern von einem fremden Mann käme. Hast du das bedacht?" frage ich zurück. „Natürlich habe ich das bedacht. Ich will ehrlich sein. Ich habe keine Ahnung, ob ich dazu fähig sein werde, das von dir geborene Kind eines anderen Mannes so zu lieben, als wäre es mein eigenes Kind. So etwas habe ich mir bislang noch nie vorstellen können, so etwas hat noch nie mein Gefühlsleben beschäftigt, obwohl ich von meiner Familie her Kinder gewohnt bin und sie sehr mag. Paula, ich fürchte, ohne deine Zuwendung, ohne deine Liebe und ohne deine Hilfe könnte ich so etwas nicht schaffen."

Habe ich selbst denn über die Möglichkeit, mit Hilfe einer Samenspende zu einem Kind zu kommen, schon einmal ernsthaft nachgedacht? Nein, impulsiv weise ich diese Alternative von mir. Warum? Dafür fallen mir sofort zwei Gründe ein: überhaupt das Kind eines fremden Mannes auszutragen ist ein Lotteriespiel, so etwas mag ich nicht, es könnte meine und Roberts Zukunft bestimmen; und wenn das Kind zudem fremde Eigenschaften und Verhaltensweisen entwickelt, von denen ich während meiner Ausbildung anlässlich einer Fortbildung zur Insemination aus Berichten betroffener Ehepaare weiß? Ich teile Robert meine Bedenken mit. „Ich kann dich verstehen.

Wenn es stimmt, dass die Herkunft einer Samenspende in jedem Fall geheim bleibt", meint er, „dann kann eine Frau, wenn sie Pech hat, an den Samen eines Mannes geraten, von dem sie niemals ein Kind hätte bekommen wollen, wenn sie ihn gekannt hätte. Das fremd wirkende Kind würde sie und ihren Partner ein Leben lang daran erinnern, eine Niete gezogen zu haben. Es stimmt zwar, auch ein eigenes Kind kann sich als Niete herausstellen. Doch es ist wenigstens ein eigenes Kind. Ich weiß nicht, wie viele Kinder aus diesem Grund in Familien aufwachsen müssen, in denen sie sich nicht willkommen fühlen." Robert vermag es, das Problem in aller Kürze präzis zu benennen. Ich sage ihm das, worauf er meint, wenn ich das auch so sehe, dann stünden wir wieder am Anfang: keine Kinder, obwohl wir uns so sehr Kinder wünschen.

„Als Naturwissenschaftler", meint Robert drei Tage später, „hätte ich noch ein weiteres Argument gegen eine anonyme Samenspende. Wer weiß denn, wie viele Spenden eines unbekannt bleibenden Samenspenders von einer Organisation, die Samenspenden anbietet, eigentlich verwendet werden? Wie groß ist die Wahrscheinlichkeit, dass zwei durch eine Samenspende gezeugte Kinder Halbgeschwister sind, ohne eine Ahnung davon zu haben?" „Die Vorstellung, unser Kind könnte später bei der Partnersuche einmal, ohne das zu wissen, auf jemanden treffen, der ein Halbgeschwister ist, erscheint mir sehr bedenklich", kann ich ihm nur beipflichten.

So vergeht ein weiteres halbes Jahr, in dem wir Gott sei Dank wieder eine Beziehung haben und uns fast so gut wie vor dem Aufflammen der Kinderfrage verstehen. Doch das Kinderproblem lauert nach wie vor im Hintergrund und treibt mich in schlaflosen Phasen zunehmend um. Besonders nach Tagen, an denen ich von meinen beiden frisch verheirateten Kolleginnen zu hören bekomme, wie sehr sie sich auf die Geburt ihrer Kinder freuen, oder an einem Tag, an dem Robert mir berichtet, dass die Partnerin eines Freundes schon das zweite Kind erwartet. Indem meine Gedanken immer öfter um eigene Kinder kreisen, wird mir bewusst, wieso die Natur uns Menschen mit einem so wunderschönen Drang nach Partnerschaft, nach Lust und nach sexueller Befriedigung ausgestattet hat. Für viele mag die Sexualität Selbstzweck sein; eben eine der vielen Arten von Vergnügungen, denen Menschen so gern nachgehen. Unbestreitbar trifft das auch für Robert und mich zu. Doch jener Zweck, Kinder zu machen, erlangt für mich immer mehr Bedeutung. Ich glaube, für mich wie für viele andere Frauen ist die Krönung sexuellen Vergnügens ein Kind, das sich in meinem Leib entwickelt, nach neun Monaten geboren wird und in der liebevollen Gemeinschaft mit einem Partner heranwachsen kann. Und da ist er wieder, mein Traum von einer Familie ...

Nachdem wir festgestellt haben, in der Kinderfrage wieder am Anfang angelangt zu sein, habe ich Robert zunächst in Ruhe gelassen und versucht, mehr Klarheit in das eigene Gefühlsleben zu bringen. Wie wichtig ist mir eine Familie? Ist sie mir so wichtig, mich trotz aller Bedenken auf das Abenteuer der Adoption eines Kindes einzulassen? Oder auf die Annahme einer Samenspende? Noch bin ich jung und habe Zeit, mir das Für und Wider genauer durch den Kopf gehen zu lassen und mein Herz zu befragen. Bei der Frage Samenspende taucht blitzartig ein Gedanke in meinem Kopf auf, ein Gedanke, der so abenteuerlich ist, dass ich mich kaum traue, überhaupt darüber nachzusinnen, geschweige denn, mit Robert darüber zu sprechen: Samenspende eines Mannes, eines Mannes, den ich kenne ... Doch ohne Robert und ohne sein Einverständnis wird das niemals gehen! Bevor ich ihm gegenüber auch nur andeute, welcher Gedanke mir da gekommen ist, bevor ich seinen Gefühlen etwas Unglaubliches zumuten muss, habe ich erst mit mir selbst zu ringen, habe ich mich zu befragen, ob ich mir so etwas überhaupt vorstellen kann, ob ich so etwas will, und ob ich so etwas überhaupt ausführen kann. Das ‚Ich', an das ich mich wenden muss, ist nicht mein Verstand. Das ‚Ich', das ich befragen muss, ist mein Herz. Mein Verstand kann leichthin sagen: was ist das schon, ein wenig Schmusen mit einem anderen Mann. So etwas machen viele andere Frauen doch auch. Mein Herz dagegen darf nicht berührt oder gar zerrissen werden! Noch habe ich große Angst davor, mit Robert über diesen unglaublichen Gedanken zu sprechen.

12

Meine Angst, so glaube ich, habe ich überwunden. Ich glaube, ich bin so weit und habe alles durchdacht. Jener unglaubliche Gedanke ist durch meinen Verstand von allen Seiten beleuchtet worden. Ich habe mein Herz befragt und bin überzeugt, es wird keinen Schaden nehmen. Ich fühle mich bereit, mit Robert ins Gespräch zu kommen. Ich nehme mir vor, diesen verrückten Gedanken sofort zu verwerfen, sollte ich bei Robert auf Ablehnung stoßen. Ich sehe, mit welcher erwartungsvollen Miene er mich seit Tagen anschaut, als ob er eine Lösung unseres Problems von mir erwartet, als ob er mich etwas fragen will. „Wir haben die Kinderfrage auf Eis gelegt, Paula, weil wir zu keiner Lösung gekommen sind. Ich kenne dich und weiß, dass das kein Zustand ist, den du noch lange aushalten wirst. In den letzten Wochen sind dir bestimmt viele Gedanken durch den Kopf gegangen. Mir übrigens auch. Wenn es dir recht ist, hole ich eine Flasche Rotwein, wir setzen uns zusammen und sprechen darüber, ob es einen gemeinsamen Weg in unsere Zukunft gibt und wie der aussehen könnte."

Wieder stelle ich fest, wie gut sich Robert bei mir auskennt, als wenn er in mich hineinschauen könnte. Er spürt, dass ich etwas zu sagen habe. Die Gelegenheit, über jenen unglaublichen Gedanken zu sprechen, der mich beschäftigt hat und zu dem ich mein Herz befragt habe, ist da. Habe ich den Mut, damit an ihn heranzutreten? „Robert, hat sich bei deinem Problem etwas getan?" fange ich das Gespräch an. „Ja, ich habe kürzlich vom Urologen bestätigt bekommen, dass die Ursache der bei mir vorhandenen Sterilität noch nicht genauer diagnostiziert werden kann und damit die Chance einer Therapie in weite Ferne gerückt ist. Ich werde nach jetzigem Stand der Medizin auf unbestimmte Zeit keine Kinder zeugen können." Der traurige Blick, mit dem er mich dabei ansieht, droht mein Herz zu zerreißen. Ich kann nicht anders, ich muss mich jetzt äußern. „Robert, ich kann Kinder bekommen." „Das weiß ich", sagt er leise, „warum sagst du das jetzt? Hat sich an deinem Kinderwunsch etwas geändert?" „Vielleicht." „Was heißt das? Was willst du mir sagen? Gibt es Hoffnung?" Seine eben noch tieftraurige Miene ist einem hoffnungsvollen Blick gewichen. „Robert, du hast neulich gesagt, du wärest bereit, mich frei zu geben, damit ich mir einen Mann suche, mit dem ich Kinder haben kann. Ich weiß nicht, wie schwer dir gefallen ist, mir das mitzuteilen. Ich glaube aber, du hast dir vorstellen können, dass ich mich zur Erfüllung meines Kinderwunsches an einen anderen Mann wende und mit ihm schlafe. Versteh bitte, wenn ich dir sage, dass ich aus vielen Gründen große Angst habe, über einen Gedanken zu sprechen, der mir nach dieser Aussage von dir durch den Kopf geschossen ist. Denn ich habe plötzlich einen Weg gesehen, auf dem wir unseren Kinderwunsch erfüllen können. Das ist aber ein Weg, der bei beiden von uns tiefe Wunden aufreißen wird, bei dir und bei mir. Ein Weg, der dann, wenn es schief gehen sollte, wenn es keine Verständigung mehr geben sollte, das Ende unserer Beziehung bedeuten kann. Doch bevor es dazu kommt, sollten wir uns darüber einig sein, den Traum von einer eigenen Familie endgültig aufzugeben."

Robert sieht mich ernst an. „Paula, sprich bitte nicht in Rätseln. Verstehe ich dich richtig? Geht es um die schon einmal gestellte und meines Wissens beantwortete Frage, was uns im Ernstfall wichtiger ist: unsere Beziehung oder unser Kinderwunsch?"
„Nein, es geht darum, bereit zu sein, über einen abenteuerlichen und wirklich ungewöhnlichen Gedanken zu sprechen unter Voraussetzung einer Vereinbarung zwischen uns, nach der alle Überlegungen dazu sofort abgebrochen werden, sollte einer von uns eine Gefährdung unserer Beziehung erkennen."
„Das klingt ja wirklich geheimnisvoll, was du da sagst. Was für ein Gedanke ist das denn?" „Robert, es geht um einen Weg, nach dem beides möglich sein kann: sowohl unsere Beziehung zu erhalten wie auch den Traum einer eigenen Familie möglich werden zu lassen." „Paula, jetzt machst du mich aber sehr neugierig! Hilft es dir, deine Angst zu überwinden, wenn ich der von dir genannten Vereinbarung auch ohne Kenntnis deines Gedankens in jedem Fall zustimme?"

Um Robert nicht so schlagartig mit dem Abenteuer meines Gedankens zu überfallen, rekapituliere ich zunächst den bisherigen Stand unserer Alternativen. „Lass mich zunächst zusammenfassen, Robert, worüber wir bisher gesprochen und

Einverständnis erreicht haben. Beide haben wir eine tiefsitzenden Wunsch nach Kindern, nach einer Familie. Jetzt wissen wir, du kannst keine Kinder zeugen. Als Folge dieser Diagnose hast du deine Bereitschaft erklärt, mich frei zu geben, damit ich Kinder bekommen kann. Da ich mich unter keinen Umständen von dir trennen will, haben wir nach Alternativen gesucht und sind uns in dem Willen einig gewesen, dass weder eine Adoption von Kindern noch eine anonyme Samenspende in Betracht kommen sollen. Adoption deshalb nicht, weil dann keiner von uns beiden eine biologische Elternbeziehung zu den Kindern hat; Samenspenden unbekannter Männer nicht, weil uns die damit verbundene Lotterie nicht behagt. Darüber haben wir ausführlich genug gesprochen. Wenn wir ein eigenes Kind haben wollen, wird es jedoch ohne eine Samenspende nicht gehen." „So weit bin ich mit meinen Überlegungen auch schon gekommen", wirft er ein, „ich habe aber keine Ahnung, welche Idee uns noch weiterhelfen könnte. Du sagst jetzt, du siehst einen Weg, hast aber Angst davor, darüber zu sprechen." „Du wirst gleich verstehen, weshalb ich Angst habe, nicht nur davor, überhaupt einen solchen Gedanken zu haben, sondern erst recht davor, davon zu reden. Robert, bitte küss mich." Er gehört nicht zu den Männern, die eine zweite Aufforderung abwarten. Er kommt zu mir und will mich nur sanft küssen, doch ich küsse ihn mit all der Leidenschaft, zu der ich fähig bin.

„Robert, ich bitte dich, bei allem, worüber wir jetzt sprechen werden, immer daran zu denken: ich liebe nur dich und werde immer nur dich lieben. Ich richte jetzt die entscheidende Frage meines Gedankens an dich. Sie ist sehr kurz." Und nach einer Pause: „Kannst du dir vorstellen, dass ich die Samenspende eines Mannes empfange, den wir kennen?" Jetzt ist es heraus, ich kann nur noch warten und seine Reaktion befürchten. Erst schaut er mich verblüfft an und sagt nur „wie bitte?", dann setzt er sich hin und fällt in ein in sich gekehrtes Schweigen. Ich beobachte, wie es in ihm arbeitet, wie er versucht, zu begreifen, was ich ihn gerade gefragt habe. Ich fürchte, er wird bald begreifen und dann etwas tun, was ich verstehen würde: wütend die Wohnung verlassen. Doch er bleibt und es dauert eine Weile, bis er sich äußern kann. „Paula, in deinen Gedanken kannst du dir vorstellen, das Kind eines Mannes auszutragen, der uns bekannt ist?" „Ja, ich traue mir das zu und aus zwei Gründen jetzt darüber zu sprechen. Erstens, weil du bei der Frage, ob ein Kind durch eine anonyme Samenspende überhaupt für dich denkbar ist, nicht protestiert hast. Und zweitens, weil du bereit bist, mich freizugeben, um mit einem anderen Mann das zu tun, was zu einem Kind führt." „Bei der Samenspende habe ich aus drei Gründen nicht protestiert, Paula. Einmal, weil wir das zu diesem Zeitpunkt nicht weiter ernst genommen haben. Dann, weil keiner von uns den biologischen Vater des Kindes kennen würde und damit Gefühle für oder gegen diesen Menschen ausgeschlossen wären. Und drittens deshalb nicht, weil ich geglaubt habe, mein Gefühlsleben wäre zu diesem Zugeständnis zugunsten unseres

Kinderwunsches fähig." „Und das würde dir schwerfallen, wenn der biologische Vater unseres Kindes bekannt wäre?" „Das weiß ich nicht. Darüber müsste ich noch gründlich nachdenken. Paula, schon jetzt fallen mir einige ernste Fragen ein, über die wir sprechen müssten, sollten wir uns mit deinem Gedanken wirklich näher beschäftigen. Mir geht der zweite Grund, den du genannt hast, dich frei zu geben, nicht aus dem Kopf. Der ist jetzt wieder im Spiel, nachdem du mir gerade mitgeteilt hast, woran du denken könntest. Hab' bitte Verständnis, wenn ich nicht mehr kann, wenn ich unser Gespräch jetzt beenden möchte."

Ich bleibe mit zwiespältigen Gefühlen noch sitzen, während er sich für die Nacht fertig macht. Meine größte Befürchtung, er würde nach der Mitteilung meines verrückten Gedankens unser Haus verlassen, ist Gott sei Dank verflogen. Ich kann allerdings sehr gut verstehen, wenn er jetzt Zeit für sich braucht. Während unseres Gesprächs ist mir aufgefallen, dass das, was ich als meinen Gedanken bezeichnet habe, noch längst nicht zu Ende gedacht ist. Ich sehe, die Flasche Rotwein ist erst zur Hälfte getrunken. Eigentlich müsste ich sie wegstellen, doch ich glaube, wenn ich heute Nacht auch nur eine Stunde Schlaf finden will, muss ich diese Flasche leeren. Unser Problem ist, so speziell es aussieht, bestimmt nicht neu, geht es mir durch den Kopf. Vermutlich hat schon manches Paar vor einer ähnlichen Frage gestanden. Doch davon gelesen habe ich bisher noch nichts; weder in einem Roman noch in den Fachzeitschriften, die in der Hausarztpraxis ausliegen. Mir ist bekannt, dass Kinder von anderen Vätern als dem Ehepartner, sogenannte Kuckuckskinder, zu vielen Beziehungen gehören; auch in der Praxis, in der ich arbeite, habe ich Kenntnis von etlichen Familiendramen dieser Art. Gar manches Kind ist als solches Kind aufgewachsen und hat es gut in seinem Leben gehabt, weil der Ehepartner nie etwas davon erfahren oder weil er es angenommen hat. Doch Robert ein Kuckuckskind unter-zuschieben – eine solche Idee ist mir nie gekommen. Einmal aus Prinzip nicht, und dann natürlich nicht, weil das nach der Diagnose seiner Unfruchtbarkeit gar nicht möglich ist.

Doch gesetzt den Fall, Robert lehnt meinen Gedanken nicht rundweg ab, sondern ist bereit, darüber zu sprechen. Vielleicht ist das schon meine erste Illusion. Gesetzt den Fall, alle mit dem bekannten biologischen Vater unseres Kindes verbundenen Probleme können einvernehmlich gelöst werden. Vielleicht ist das meine zweite Illusion. Gesetzt den Fall, derartige Illusionen gibt es nicht. Wie stelle ich mir dann die Praxis vor? Samenspende oder natürliche Biologie, also Geschlechts-verkehr und damit Ehebruch? Nachher, wenn das Kind zur Welt kommt, denke ich, wird es für mich als Mutter unbedeutend sein, auf welchem Wege ich das Kind empfangen habe. Es wird in jedem Fall das Kind eines anderen Mannes sein; dieses Bewusstsein wird mich unabhängig von der Art der Zeugung immer beherrschen. Wie ich mit diesem Bewusstsein umgehen werde, und welche Gefühle Robert dann haben wird, das wäre noch eine komplexe Gleichung mit vielen Unbekannten.

Und vorher? Wie komme ich an die Samenspende eines mir bekannten weil von mir ausgesuchten Mannes? Ich habe keine Ahnung. Der einfachste Weg scheint mir, bei passender Gelegenheit einen solchen Mann zu verführen und mir auf diese natürliche Weise eine Samenspende zu holen. Dies hätte den Vorteil, den fremden Erzeuger in Unkenntnis seiner Vaterschaft lassen zu können. Das könnte viele zukünftige Probleme vermeiden. Was ich in einem solchen Fall zu tun hätte, wäre allerdings gegen alle meine Prinzipien. Es wäre etwas, was ich mir bislang niemals habe vorstellen können. Sollte ich neben den Kapitalverbrechen ein anderes verachtenswertes Verhalten benennen, dann wäre das genau dieses Verhalten, das mir durch den Kopf geht. Denn ich würde das tun, was in der Öffentlichkeit als Fremdgehen oder als Ehebruch verurteilt wird. Ich vermag mir gar nicht vorzustellen, was Robert dazu meinen wird. Robert und die Beanspruchung seiner Gefühlswelt: das sind Probleme, die überhaupt noch gar nicht in mein Bewusstsein gedrungen sind! Ich denke, er wird mir nach der Kenntnisnahme meines Gedankens vielleicht in den nächsten Tagen, hoffentlich in den nächsten Wochen mitteilen, was er zu einem derartigen Ansinnen meint. Ich wünsche mir, dass er sich auch in der Lage sieht, zu beschreiben, mit welchen Gefühlen er zu kämpfen hat.

Mein Gott, welches Gebirge an Problemen türmt sich vor mir auf, wenn ich an eine Verwirklichung unseres Kinderwunsches denke! Wäre es besser, rechtzeitig aufzuhören, diesen Wunsch zu verfolgen? Ich frage mich, warum ich meinen Gedanken geäußert habe, bevor ich all das bedacht habe, was mir jetzt durch den Kopf geht. Doch es ist zu spät, dieser verrückte Gedanke ist in unserer Welt, er lässt sich nicht mehr zurücknehmen und aus der Welt schaffen. Robert weiß, wie sehr ich mir Kinder wünsche, er liebt mich, will mich sogar freigeben, und ich komme auf keine andere Idee als ihn in Gefühlsabgründe zu stürzen! Ich kippe den Rest des Rotweins hinunter und gehe zu Bett, wohl wissend, dass ich kaum Schlaf finden werde. Robert ist noch halbwach und murmelt ein ‚Gute Nacht'. Keine Hand, die mich streichelt, kein Kuss. Sie ist wieder da, die Kraft, die uns auseinander treibt!

Teil II

Schein

1

Ein Abend sechzehn Jahre später. Unsere Kinder sind endlich in ihren Betten. Die vierzehnjährigen Zwillingstöchter haben in ihrem Zimmer noch eine Weile zu schnattern. Bei unserem elfjährigen Sohn herrscht Ruhe. Abende, an denen Robert und ich die Muße haben, uns zusammensetzen und zu einem Gespräch finden zu können, sind selten geworden. Die üblichen Probleme von Familien mit Kindern in diesem Alter halten auch uns im Griff: Problem in der Schule, erste Freundschaften und erste Partys. „Paula, unsere Töchter sind gestern auf der Geburtstagsparty einer Klassenkameradin gewesen. Hast du auch den Eindruck, dass Jungen dabei gewesen sind?" fragt Robert. „Bestimmt, so wie die beiden seitdem zu gibbeln und zu tuscheln haben", antworte ich. „Das fängt ja früh an", meint er. „Na ja, so früh nun auch wieder nicht, wenn ich an meine Jugendzeit denke." „Aha, das hast du mir ja noch gar nicht erzählt! Hat das bei dir auch schon mir vierzehn angefangen?" „Nicht ganz, ich war fünfzehn, als ich zum ersten Mal bemerkt habe, dass ein Junge sich für mich interessiert. Bei unseren Töchtern scheint das Interesse an Jungen ein Jahr früher anzufangen. Dass die Jugendlichen heutzutage früher dran sind, ist nichts Besonderes, das kann man in jeder Zeitschrift nachlesen. Das heißt aber noch lange nicht, dass aus Neugier auch schnell die Bereitschaft entsteht, sich auf eine Freundschaft mit einem Jungen einzulassen. Bei mir zum Beispiel hat das noch Jahre gedauert. Ich war siebzehn, als ich meinen ersten Freund hatte." „Den du dann aber abserviert hast, kurz, bevor wir uns kennen gelernt haben. Erinnerst du dich noch?"

Und wie ich mich an jene Zeit erinnere! An die ersten Jahre mit Robert, in denen wir uns trotz der widrigen äußeren Umstände gefunden haben, Jahre, in denen ich seine wundervolle Familie kennen gelernt und begonnen habe, von einer ähnlichen eigenen Familie zu träumen. Ein Traum, der an dem Tag geplatzt ist, als Robert die Mitteilung erhalten hat, keine Kinder zeugen zu können. „Paula, wo bist du mit deinen Gedanken?" unterbricht er die Pause, die entstanden ist. „Ich erinnere mich an die ersten schweren und zugleich wunderbaren Jahre unserer Beziehung." Auch er schweigt dann für eine Weile und hängt seinen Gedanken nach. „Denkst du wie ich an jene Zeit, Paula, in der wir verzweifelt nach einem Weg gesucht haben, eine Familie gründen zu können?" „Genau diese Zeit geht mir jetzt durch den Kopf, Robert. Doch lass uns morgen oder übermorgen darüber sprechen, heute bin ich reif fürs Bett." Diese Nacht ist wieder eine jener wunderbaren Nächte, in denen wir uns lieben, als wäre es das erste Mal. Doch schlafen kann ich nicht. Die Erinnerung an jene ersten Ehejahre mit Robert geht mir nicht aus dem Kopf.

Als wir geheiratet haben, haben wir geglaubt, die Welt steht uns offen und die Zukunft ist unser. Was sollte unserem Traum, dem Traum von einer eigenen Familie noch im Wege stehen! Robert war in einer großen und liebevollen Familie aufgewachsen, ich habe ihn um seine Familie beneidet und mir eine ähnliche Familie gewünscht. Und dann mussten wir erfahren, dass er keine Kinder zeugen kann! Selbst jetzt, gut siebzehn Jahre später, fällt es mir immer noch schwer, mir seine Enttäuschung, seinen zutiefst verletzten Stolz vorzustellen.

Unser Kinderwunsch war so groß, dass wir auch nach dieser Diagnose nicht auf Kinder verzichten wollten. Wir haben Überlegungen zu allen denkbaren Alternativen angestellt, wie wir Kinder haben könnten. Nach vielem Hin und Her, Für und Wider sind wir an einer Alternative hängen geblieben, die einem Gedanken von mir entsprungen ist, einem Gedanken, der Robert als meinem Ehemann verständlicherweise nicht kommen konnte, den er aber zur Kenntnis genommen hat. Jetzt nach so vielen Jahren und nach längst vergangenen seelischen Kämpfen und gefühlsintensiven Aussprachen vermag ich diesen Gedanken mit einem kurzen Satz auszudrücken: um Kinder zu bekommen, habe ich mit anderen Männern schlafen müssen. Obwohl das lange her ist, obwohl wir Kinder haben, die wir als ‚unsere' Kinder empfinden, lässt sich das Bewusstsein nicht verdrängen, die Kinder sind aus Ehebrüchen entstanden. Aus meinen Ehebrüchen mit Roberts Zustimmung. Auch jetzt ist es noch so, ich kann mir die Ehebrüche selbst mit Roberts Billigung immer noch nicht verzeihen. Und dennoch haben sie geschehen müssen. Welche Kämpfe habe ich mit mir, mit meinen Gefühlen ausfechten müssen, welche Kämpfe hat Robert durchzustehen gehabt, damit unser Kinderwunsch doch noch wahr werden konnte! Wir hatten vereinbart, vom Gedanken an einen Ehebruch sofort Abstand zu nehmen, wenn unsere wunderbare Beziehung in Gefahr geraten würde. Mit welcher Naivität bin ich damals gesegnet gewesen! Mit welcher Naivität bin ich damals in dieses Abenteuer gegangen! Heute sehe ich das so, wie das bei einer Schwangerschaft gesehen wird: entweder man ist schwanger oder nicht. Eine dritte Möglichkeit gibt es nicht. Diese Vereinbarung ist reine Theorie, nichts als guter Wille gewesen. Ein Ehebruch lässt sich nicht mehr ungeschehen machen! Mein Traum von einer Familie ist zwar erfüllt worden, doch um welchen Preis! Um den Preis meines guten Gewissens, um den Preis des Glaubens an meine reine Seele, nicht zuletzt um den Preis der Bewahrung eines Familiengeheimnisses.

Zu solchen Gedanken bin ich damals noch nicht fähig gewesen. Ich hatte auch keine Vorstellung davon, mit welchen Schwierigkeiten und mit welchen Gefühlen wir es zu tun bekommen würden. Robert und ich, wir waren noch jung und haben geglaubt, unsere Beziehung aus diesen Ehebrüchen heraushalten zu können. Wir hatten das eine oder andere ‚Halt'-Schild aufgestellt im Glauben, das Schicksal damit aufhalten zu können. Schon bevor irgendetwas geschehen ist, haben wir uns die Frage gestellt, ob wir überhaupt darüber sprechen wollen, uns auf ein derartiges Spiel mit dem Schicksal einzulassen. Nachdem ich meinen verrückten Gedanken geäußert hatte, hätte ich es verstanden, wenn Robert sich geweigert hätte, dieses Thema weiter zu vertiefen. Ich habe mir nicht vorstellen können, wie er als Mann mit dem Bild weiterleben kann, seine Paula schläft mit einem anderen Mann. Und später dann noch ein Kind von diesem Mann als sein eigenes Kind anzunehmen! Ich habe gewusst: Beziehungen sind schon an deutlich harmloseren Problemen gescheitert. „Die Eifersucht ist eine Leidenschaft, die mit Eifer sucht, was Leiden schafft". Meine Mutter hat nicht viele Merksprüche von sich gegeben, doch dieser ist mir in Erinnerung geblieben. Den hat sie geäußert, als ich damals siebzehn war und sie entdeckt hatte, dass mein Vater es mit der Treue nicht so genau nehmen wollte. Ob Robert damals genügend frei von Eifersucht gewesen ist? Ich habe es nicht gewusst, darüber zu sprechen war mir aber wichtig. Doch worüber wir zuvor zu reden hatten, war die Frage, ob wir uns überhaupt mit dem Kind eines fremden Mannes anfreunden können. Ich kann mich noch genau an jenen Abend erinnern, an dem wir uns an dieses Thema herangewagt haben. Es war ein Abend, an dem Robert mir erklärt hat, er habe jetzt lang genug gegrübelt.

„Paula", hat er eine gerade herrschende Gesprächsstimmung genutzt. „Paula, ich habe jetzt lang genug über unsere Beziehung und über unsere Zukunft nachgedacht. Ich weiß, wie sehr du dir Kinder wünschst. Auch ich möchte gern Kinder haben. Doch so, wie es aussieht, werde ich keine Kinder zeugen können. Wenn kein Wunder geschieht, steht uns beiden eine kinderlose Ehe bevor. Wir haben hin- und herüberlegt, auf welche Weise wir das ändern könnten. Nach reiflicher Abwägung ist nur ein Weg übrig geblieben, jener Weg, den du aus verständlichen Gründen nur so zögernd nennen möchtest."
„Mir ist in den vergangenen Wochen klar geworden, Robert, welche Bedeutung das Kind eines fremden Mannes für dich und

für deine Gefühle haben muss. Am liebsten würde ich meinen Gedanken wieder zurückziehen. Verzeih mir bitte, ich habe dich mit einem solchen Gedanken zutiefst verletzt." „Du hast mich nicht verletzt, Paula. Du hast mich nur klarer sehen lassen, was es für eine Frau wie dich bedeutet, kinderlos bleiben zu müssen. Welches Opfer ich von dir verlangen würde, sollte ich mich weigern, über Kinder nachzudenken. Ich habe mir vorgestellt, wie du dich im umgekehrten Fall verhalten würdest. Ich könnte Kinder zeugen, würde mich aber aus welchem Grund auch immer weigern, mit dir zu diesem Zweck zu schlafen. Ist leider ein blödes Beispiel, doch so, wie ich dich kenne und liebe, hätte ich einen schweren Stand. Ich hätte zuhause eine Furie, die mich vor die Alternative stellen würde, entweder sie mit Kind oder Schluss mit lustig!" Als er dies gesagt hatte, hat er mich angelächelt. Doch schnell ist er wieder ernst geworden.

„Ich habe einen Entschluss gefasst, Paula. Bevor ich das Opfer der Kinderlosigkeit von dir verlange, bin ich bereit, ein Opfer zu bringen. Unter der Voraussetzung, du bleibst bei mir, bin ich bereit, das Kind eines anderen Mannes als mein Kind anzunehmen. Ich will ehrlich sein: leicht wird mir das ganz bestimmt nicht fallen. Zudem weiß ich, sollte ich nicht bereit sein, ein Opfer zu bringen, könnte ich dich verlieren. Und das will ich auf keinen Fall. Du bist die Liebe meines Lebens, ohne dich kann und will ich mir keine Zukunft vorstellen." Ich erinnere mich, wie wir uns als Folge dieser Liebeserklärung nach Wochen wieder im Bett vorgefunden und miteinander geschlafen haben. Doch schon am Tag danach ist mir bewusst geworden: bislang ist alles nur Theorie und über das Stadium der Absicht noch nicht hinausgelangt. Der nächste Stolperstein war das Problem Eifersucht.

„Robert, ich stelle mir vor, du weißt davon, ich schlafe mit einem anderen Mann. Du weißt, das Kind, das ich danach erwarten könnte, ist nicht von dir. Wie wirst du dich fühlen? Wirst du dich von Eifersuchtsgefühlen befreien können?" „Das ist etwas, wozu ich noch nichts sagen kann, Paula. Als Mann werde ich mich gegen das Aufkommen von Eifersucht wahrscheinlich nicht wehren können. Ich werde mich aber dagegen wehren, dass sie unser Zusammenleben beherrscht. Entscheidend wird sein, wie du dich verhalten wirst. Ich weiß nicht, welche Gefühle in dir für den anderen Mann entstehen werden, wenn du mit ihm schläfst, erst recht, wenn du sein Kind austrägst und gebären wirst. Dieses Opfer muss ich von dir verlangen: du wirst diese Gefühle unterdrücken müssen. Kannst du das nicht, wäre alles vergebens." Wie Recht er hat, habe ich gedacht. Wenn er das Opfer bringt, mich mit einem anderen Mann schlafen zu lassen, damit ich schwanger werde, muss ich das Opfer bringen, jegliche Gefühle für diesen anderen Mann zu unterdrücken. Das muss mir gelingen!

Habe ich mich nach diesen Gesprächen sicher fühlen können, nicht nur alles bedacht zu haben, sondern auch zum Handeln fähig zu sein? Wenn ich mich erinnere: nein. Bevor ich den gewaltigen Schritt vom Reden über den Ehebruch zur tatsächlichen Ausführung des Ehebruchs auch nur erwägt habe, ist mir klar geworden, ein weiteres Problem noch völlig unzureichend im Blick gehabt zu haben: Was sagt jener Teil meines Ichs dazu, der moralisches Gerüst und Richtschnur für mein Verhalten ist, der weiß, was sich als richtig und was sich als falsch anfühlt? Damals im Alter von vierundzwanzig Jahren war das keine Frage: Hätte es diese wunderbare Beziehung zwischen Robert und mir nicht gegeben, wäre ich frei gewesen, hätte ich keine grundsätzlichen Probleme damit gehabt, mich heute mit diesem, morgen mit jenem Liebhaber zu vergnügen. Ich habe mich schon früh als moderne, selbstbewusste Frau empfunden, die selbst entscheidet, wie ihr Sexualleben aussieht. In einer solchen Beziehung, wie Robert und ich sie haben, jedoch an einen anderen Mann, an Fremdgehen, an Ehebruch zu denken, ist prinzipiell falsch! Die besondere Situation, in der wir uns befunden haben, hat mich jedoch an jene Grenze herangeführt, an der ich eine Entscheidung zu treffen hatte: meinen (und seinen) Kinderwunsch aufzugeben, oder etwas zu tun, was ich unter allen anderen Umständen für falsch halte. Beide Gefühle sind äußerst starke Gefühle gewesen, die mich damals beherrscht haben. Auf mich allein gestellt hätte ich keine Entscheidung finden können. Auf mich allein gestellt wäre ich verzweifelt gewesen, hätte ich zusehen müssen, wie unsere Beziehung wie viele andere auch scheitert. Was mich gerettet hat, sind Roberts Liebe, seine Erklärungen und seine Bereitschaft, ein Opfer zu bringen. Sie haben mir Mut gemacht, den Schritt vom Reden zum Handeln zu erwägen.

Nachdem ich mit mir selbst ins Reine gekommen war, nachdem ich mich für ein solches Abenteuer seelisch gerüstet gefühlt habe, sind die nächsten Probleme erschienen. Welcher Mann könnte der biologische Vater meines, unseres Kindes sein, und wie komme ich an dessen Samen? Ich habe mich an Robert gewandt. „Du bist die Hauptperson in dieser Sache", hat er gesagt, „ich kann und will mich da nicht einmischen. Du bist eine selbstbewusste und attraktive Frau, ich denke, du wirst keine Schwierigkeiten haben, einen passenden Mann zu finden." Wieder hat er mir bewiesen, dass es ihm mit seiner Opferbereitschaft Ernst ist. Dennoch ist für mich nicht denkbar, ihn weiterhin in die Suche nach einem Erzeuger unseres Kindes einzubinden. Das konnte ich ihm wahrlich nicht auch noch zumuten. Ich habe aber geglaubt, ihn unterrichten zu müssen, sollte ich einen passenden Mann gefunden haben. „Robert, möchtest du wissen, mit wem ich schlafen werde? Und wann ich das tun werde?" „Lieber nicht, Paula", hat er gemeint, „erst dann, wenn es geschehen ist und wenn du schwanger bist, wäre es mir lieb, wenn du mich unterrichten würdest." „Wird dir das genügen, Robert? Nicht nur ich, auch du wirst danach mit deiner von einem anderen Mann geschwängerten Frau und später dann mit einem von ihm gezeugten Kind leben müssen." „Paula, habe bitte Verständnis dafür, wenn ich jetzt nicht weiter darüber reden will. Ich vertraue dir. Ich verlasse mich darauf, dass du nicht mit irgendeinem Hanswurst, sondern mit jemandem schlafen wirst, den du dir vorher genau angeschaut hast."

Meiner Erinnerung zufolge habe ich mich nach diesen ersten konkreten Gesprächen zwar gestärkt gefühlt – aber auch sehr einsam. Niemals habe ich mir träumen lassen, in eine derartige Lage zu geraten! Eine Lage, in der ich niemanden hatte, mit dem ich hätte sprechen können, niemanden, der mir einen Rat hätte geben können. Meine Mutter? Sie hätte gar nicht verstanden, worum es geht. Meine Schwester? Die hat mit Männern ganz andere Sorgen gehabt. Eine Busenfreundin, mit der ich meine Geheimnisse hätte teilen können, die habe ich nie gefunden; auch später nicht in den Hausarztpraxen, in denen ich mit netten Kolleginnen gearbeitet habe. Gott sei Dank war Robert da, er war der Fels in der Brandung, wenn ich Hilfe und Trost gebraucht habe. Er hat mir in allen anderen Lebenslagen helfen können, nicht jedoch bei diesem irrwitzigen Abenteuer. Ganz im Gegenteil, immer musste mir bewusst bleiben, er ist derjenige, dessen Vertrauen und Liebe ich niemals verlieren darf, die Beziehung zu ihm ist diejenige, die ich niemals aufs Spiel setzen darf! Ein für mich durchaus denkbares Vergnügen beim Fremdgehen, beim Schlafen mit einem anderen netten Mann durfte keine Bedeutung erlangen. Ich musste da allein hindurch und hatte große Angst vor dem, was auf mich zukommen würde.

Gott sei Dank musste ich nach einem Mann, bei dem ich mir vorstellen konnte, mit ihm zu schlafen, um zu einem Kind zu kommen, nicht lange suchen. Da war Sebastian, jener nette Kollege Roberts aus seinem halben Jahr im Forschungsprojekt, der mir seine Sympathie so frei und offen gestanden hatte, und von dem ich noch einen Brief mit seiner Adresse besaß. Ob der nach drei Jahren noch Interesse an mir haben könnte? Und ob der unter dieser Adresse noch erreichbar war? Dumm war, dass schon so viel Zeit vergangen war, bis ich seinen Brief beantworten würde. Doch wenn ich auf der Suche nach einem geeigneten Mann bin, dann ist Sebastian die erste Wahl. Oder sollte ich doch besser nach einem anderen Mann Ausschau halten? Ich hatte keine Ahnung, wie Sebastian meine Annäherung auffassen könnte. So, wie er mich angeschwärmt hatte, sicher als Aussicht auf eine gemeinsame Zukunft! Das wäre allerdings eine Folge, die ich unter keinen Umständen gewollt habe! Am liebsten wäre mir gewesen, er hätte sich in festen Händen befunden und wäre einem kleinen Abenteuer nicht abgeneigt. Doch das alles war mir unbekannt.

So unerfahren und ungeübt ich im Männerfang gewesen bin, habe ich mich gefragt, wo ich sonst einen Mann für ein Abenteuer finden könnte. Auf keinen Fall an meinem Wohnort oder in dessen Nähe! Ich hatte aber einfach keine Idee. Ich kannte niemanden, von dem ich mir ein Kind gewünscht hätte. Schließlich ist Sebastian wieder ins Spiel gekommen. Er hat weit genug entfernt gewohnt. Weil ich mit meiner Suche irgendwie anfangen musste, habe ich mir gedacht, eine harmlose Antwort auf seinen Brief mit der Frage, wie es ihm in den letzten Jahren ergangen ist, kann nicht schaden. Vielleicht würde sich aus seiner Antwort sogar einpassender Anknüpfungspunkt ergeben. Es hat nicht lange gedauert und ich habe eine Antwort von ihm erhalten. Er habe sein Studienfach gewechselt, schrieb er, stünde vor seinem Examen und würde sich freuen, mich einmal wiedersehen zu können.

Doch wie sollte ich an ein unverfängliches Arrangement kommen, bei dem wir uns treffen können, ohne mich nicht von seiner Seite her mit Hoffnungen auf eine gemeinsame Zukunft konfrontiert zu sehen? Wäre der Zufall mir nicht zu Hilfe gekommen, ich hätte nicht weiter gewusst. Als medizinische Fachangestellte hatte ich Anspruch auf Fortbildungen, die in unregelmäßigen Abständen an manchmal weiter entfernten Standorten angeboten worden sind. Eine solche Fortbildung war nicht weit von Sebastians Studienort vorgesehen, den ich aus seiner Antwort erfahren habe. Von vorherigen Fortbildungen wusste ich, dass die Teilnehmerinnen sich gern am Abend zu geselligem Beisammensein treffen, Abende, an denen es immer wieder hoch hergegangen ist. Das war's! Ich habe Sebastian gefragt, ob er Gelegenheit hat, mich zu besuchen und an einem solchen Abend zu begleiten. Er hat kommen können, und es ist einer jener wilden Abende geworden. Sebastian hat sich als durchaus attraktiver und geselliger junger Mann gezeigt, der auch das Interesse einiger meiner Fortbildungskolleginnen erregt hat. Es wurde wild hin- und hergeflirtet. Normalerweise hätte mich das gewaltig gestört, doch in diesem Fall hat mich das keineswegs betroffen gemacht, im Gegenteil, es ist mir recht gewesen! Die ganze Situation hat sich so entwickelt, dass mir mein Vorhaben leicht gefallen ist. Das Einzige, was ich noch erreichen musste, war, ihn für die Nacht für mich zu ‚reservieren'. Das hat sich aber als leichtes Spiel herausgestellt.

Wenn ich schon mit Billigung meines Mannes fremdgehe, habe ich mir gesagt, möchte ich auch meinen Spaß haben. Und den habe ich mir gegönnt. Sebastian hat sich tüchtig angestrengt und mir neben seinem Samen auch Befriedigung geschenkt. Ich habe ihn gefragt, ob er mich an einem der nächsten Abende nochmal besuchen könne. Er hat zugesagt und ist gekommen, wohl mit der Hoffnung, wie ich später bemerkt habe, von einer anderen Fortbildungsteilnehmerin abgeschleppt zu werden. Das habe ich aber mit weiblicher List verhindern können. Ihn ein zweites Mal zu verführen ist mir leicht gefallen. Sein Verhalten an beiden Abenden hat mir geholfen, meine Sorgen zu zerstreuen, dieses Abenteuer könnte zur Folge haben, ihn nicht mehr ‚loswerden' zu können. Sebastian ist zwar ein netter Kerl, er hat Manieren und kann sich in Gesellschaften bewegen, doch von Frauen ist er leicht zu verführen. Sollte er mich nach diesem Abenteuer erneut treffen wollen, würde es mir leicht fallen, ihn hinzuhalten und gute Gründe dafür anzugeben.

Von dieser Fortbildungswoche zurückgekehrt, habe ich Furcht davor gehabt, mit Robert zu schlafen. Geht das, habe ich mich gefragt, drei Tage nach meinen Seitensprüngen mit ihm schlafen zu können? Ich habe festgestellt: es geht. Sogar besser, als ich erwartet hatte. Im Vergleich zu Sebastian ist Robert eine ganz andere Klasse von Mann; ich liebe ihn und nur ihn. Wenn ich bei Sebastian Leidenschaft empfunden habe, dann allein im Bewusstsein, es mit einem kurzen Abenteuer zu tun zu haben, vor allem aber deshalb, seinen Samen zu bekommen. Empfinde ich Leidenschaft bei Robert, dann weil ich ihn liebe, weil ich ihn begehre. Das Abenteuer mit Sebastian hat in meinem Gefühlsleben keine von mir befürchteten Spuren hinterlassen. Ich erinnere mich, wie ich in den nächsten Wochen darauf gewartet habe, ob meine Periode ausfällt. Ich wollte Robert nichts von meinem Abenteuer erzählen, solange ich nicht sicher war, schwanger zu sein. Als ich nach einem Besuch bei meiner Frauenärztin sicher sein konnte, habe ich meine Angst überwunden und ihm berichtet. Ich habe erwartet, dass er in irgendeiner Weise aufgewühlt auf meine Nachricht reagieren würde, doch er hat anders reagiert. „Paula, du bist schwanger? Wir werden Eltern? Das müssen wir feiern!" Er hat mich in die Arme genommen und geküsst, und dann in das beste Restaurant unserer Stadt ausgeführt. Als ich mich ganz gegen unsere bisherige Gewohnheit beim Weinkonsum zurückgehalten habe, hat er gestrahlt und gesagt: „Wenn das die Folge deiner Schwangerschaft ist, damit kann ich leben!

Paula, es gibt noch etwas zu feiern. Meine Dissertation steht vor ihrem Abschluss. Voraussichtlich werde ich unser erstes Kind als fertig ausgebildeter und promovierter Geologe in die Arme nehmen können!"

Über diese Reaktion Roberts habe ich mich natürlich sehr gefreut. Ich habe mich allerdings gefragt, welche Überwindung es ihn gekostet hat, die Mitteilung meiner Schwangerschaft in einer solchen Weise aufnehmen zu können. „Robert, du hast noch gar nicht danach gefragt, wie es zu meiner Schwangerschaft gekommen ist. Du hast vor allem nicht danach gefragt, wer der biologische Vater unseres Kindes ist." „Paula", hat er geantwortet, „du wirst es mir dann berichten, wenn du dich bereit dafür fühlst." Und das habe ich dann tun können; so leidenschaftslos, wie mir das möglich gewesen ist. Ich wollte seine Gefühle nicht unnötig verletzen, in meinen Augen war es schon verletzend genug, den reinen Sachverhalt meiner Seitensprünge zu schildern. Als ich ihm den Namen des biologischen Vaters nannte, hat er gemeint, ich hätte eine gute Wahl getroffen. „Ich habe nur zwei Fragen", hat er gesagt. „Wie empfindest du deine Situation? Wie groß ist die Gefahr, dass Sebastian eines Tages kommt und seinen Anspruch auf das Kind geltend macht?" Ich habe ihm erklärt, wie gering ich diese Gefahr einschätzen würde. Natürlich hätte ich Sebastian verschwiegen, weshalb ich mich auf ein Abenteuer mit ihm eingelassen habe. Erst recht würde ich ihm verschweigen, dass es Folgen gehabt hat. „Ich will und werde künftig keinerlei

Kontakte zu ihm haben, Robert. Die Umstände während meiner Fortbildungswoche sind so gewesen, dass er glauben wird, das mit mir sei ein unvorhergesehenes Abenteuer gewesen. Solange er nichts von meiner Schwangerschaft erfährt, wird es für uns keinen Anlass zur Sorge geben."

Ich weiß noch, wie ich nach diesen Wochen aufgeatmet habe. Erst mein Entschluss, mit Sebastian fremd zu gehen. Dann die Fortbildungswoche mit den beiden Nächten, die ich zusammen mit ihm verbracht habe. Dann das Warten auf den ‚Erfolg‘ dieser Begegnungen. Schließlich die Mitteilung an Robert und dessen unglaubliche Reaktion. Entgegen meiner vorherigen Befürchtung ist alles derart ‚gut‘ gegangen, dass ich eigentlich zufrieden mit mir hätte sein können. Bin ich das wirklich gewesen? Nein. Zwei Gefühlsregungen haben mich umgetrieben. Eine hat mich, die andere hat Robert betroffen.

Nie hätte ich von mir gedacht, dass ich jemals fähig dazu wäre, einen bewussten Ehebruch zu begehen. Denn genau das ist bei Lichte betrachtet passiert. Mag ich mir auch gute Gründe dafür erzählen, es ist geschehen. Ich habe ein Grundprinzip meiner Lebensanschauung aufgegeben und fühle mich deshalb schuldig. Das Wissen, Ehebrüche sind etwas ziemlich Alltägliches, ist kein Trost für mich. Ich weiß, auch Lügen sind etwas Alltägliches und manchmal sogar nützlich. Doch schon zu einer Lüge muss ich mich nicht ohne Not bereitfinden. Erst recht bei viel schlimmeren Dingen wie anderen ein seelisches oder körperliches Leid zuzufügen. Jetzt habe ich einem anderen Mann als Robert meinen Körper überlassen. Das ist ein Verhalten, das ich mir früher niemals habe vorstellen können. Es wird unmöglich sein, das jemals zu vergessen, allein schon deshalb, weil mit dem heranwachsenden Kind eine Folge entstanden ist, die mich ein ganzes Leben lang daran erinnern wird. Ich habe auch befürchtet, dass der ‚Erfolg' meines Ehebruchs zugleich ein Dammbruch sein könnte, nach der Aufgabe eines Grundprinzips auch anderwärts anfällig zu werden. Zwar habe ich mir das nicht vorstellen können, doch Gott sei Dank ist es auch nicht passiert. Davor hat Robert mich beschützt!

Robert. Habe ich in diesen Wochen daran gedacht, wie es ihm geht, wie er damit umgehen wird, Vater eines Kindes zu sein, das von einem anderen Mann gezeugt worden ist? Nach allem, was ich in Romanen bis dahin gelesen hatte, und was ich bis dahin in meinem Umkreis erlebt und erzählt bekommen habe, hat das Fremdgehen der Partnerin, der Ehefrau zu den schlimmsten Einschlägen im Leben eines Mannes gehört, zu den tiefsten Verletzungen seines Stolzes. Ehebruch der Frau ist in aller Regel der Grund für eine sofortige Trennung. Robert jedoch hat nie erkennen lassen, sich von mir trennen zu wollen. Doch ob er auch frei von solchen Gefühlen gewesen ist, das habe ich nicht gewusst. Es ist mir schwer gefallen, daran zu glauben. Ich hatte mir vorgenommen, ihn in einer passenden stillen Stunde zu befragen. Während meiner Schwangerschaft hat es so ausgesehen, als würde er sich auf das kommende Kind wirklich freuen.

3

Wenn ich jetzt unsere prächtigen Zwillingstöchter sehe, muss ich daran denken, wie das vor über vierzehn Jahren gewesen ist, als sie sich noch in meinem Leib befunden haben. Wir hatten zunächst mit einem einzigen Baby gerechnet. Doch als ich bei einer der ersten Frühuntersuchungen gesagt bekommen habe, es würden Zwillinge werden, war ich erst erschrocken, dann aber haben Robert und ich uns immer mehr darauf gefreut. Wir haben uns ja viele Kinder gewünscht, Zwillinge sind der schnellste Weg zu diesem Ziel, haben wir uns gesagt. Robert hatte mit der Suche nach einer größeren Wohnung, dem Abschluss seiner Dissertation und den Vorbereitungen zum Rigorosum zu tun, ich hatte mich um die Erstausstattung unseres Kinderzimmers zu kümmern. Es hat zwar die eine oder andere stille Stunde gegeben, doch die nötige Ruhe für das nach den Ereignissen der letzten Monate notwendige Gespräch haben wir nicht finden können.

Wegen der Zwillinge ist mein Leibesumfang stärker als gewöhnlich gewachsen, ich habe schon vor dem Beginn des gesetzlichen Schwangerschaftsurlaubs bei meinem Arbeitgeber um Sonderurlaub gebeten und ihn auch erhalten. Robert hat versucht, mir zu helfen, wo er konnte. Doch als der Tagesablauf für mich immer beschwerlicher geworden ist und meine Mutter gemeint hat, sie sei unabkömmlich, hat er bei seiner Mutter nachgefragt, ob sie Zeit hätte, in den letzten Wochen vor der Geburt bei mir zu sein. Sein Vater hat das möglich gemacht, seine Mutter hat sich bei uns einquartiert. Ich bin sehr froh darüber gewesen, denn mit ihr habe ich mich ja von Anfang an so gut verstanden. Sie mit der Erfahrung ihrer großen Familie hat mir viele wertvolle Ratschläge geben und mir tatkräftig helfen können. Es sind Augenblicke des stillen Einverständnisses vorgekommen, in denen ich überlegt habe, ob ich ihr von den Umständen meiner Schwangerschaft erzählen sollte. Sie hat nicht erkennen lassen, vom Problem ihres ältesten Sohnes gewusst zu haben. Ich war zwar überzeugt, sie hätte Roberts und meine Situation verstanden. Doch solange das notwendige Gespräch mit Robert noch nicht geführt worden war, wollte ich ihm nicht vorgreifen. Wenn, dann sollte er seine Eltern, wenn er das für richtig und notwendig erachtet, informieren. Ich dagegen als diejenige, die in den Augen Unbeteiligter eine schwere Verfehlung begangen habe, sollte mir Zurückhaltung auferlegen.

Nachts, wenn die Zwillinge in meinem Leib mich nicht schlafen ließen, habe ich oft darüber nachdenken müssen, ob das, was ich gewollt und mit Roberts Billigung dann auch ausgeführt habe, richtig gewesen ist. Mir war klar, vor der Geburt und mit den Glückshormonen der Schwangerschaft versehen, würde ich meine Entscheidung positiv sehen. Ich wusste aber auch, dass es nach der Geburt zu einer Depressionsphase kommen kann. Ich erinnere, mich gefragt zu haben, wie ich dann meine Entscheidung sehen würde. Ich weiß noch, wie ich mich des Nachts beim Auftreten eines Angstgefühls an Robert geklammert und ihn gebeten habe, mir nicht nur vor der Geburt, sondern besonders danach beizustehen. Er hat sicher nicht so recht verstanden, was der Grund meiner Angst gewesen ist, doch er hat sich rührend und liebevoll um mich gekümmert – vor, während und nach der Geburt, obwohl es nicht seine Kinder sind, die ich geboren habe. Kinder, die ich ohne Komplikationen gebären konnte, und für die meine Milch in den ersten Lebensmonaten auch gereicht hat. Zwei Wochen der Stillzeit konnte meine Mutter bei mir sein, dann hat sie wieder zurückfahren müssen, wie sie erklärt hat.

Die restliche Zeit meiner Babypause habe ich mit Robert zusammen allein überstehen müssen. Ohne ihn hätte ich die Aufgabe, nach der Geburt zwei Babys zu versorgen und selber erst mal wieder zu Kräften zu kommen, nicht bewältigen können. Währenddessen ist meine größte Angst gewesen, er könne seine Rolle nach der Geburt, nachdem er zwei Babys im Haus hat, deren Vater nicht er, sondern ein anderer Mann ist, distanziert empfinden. Einen auch für andere erkennbaren Grund dafür hätte er gehabt: Jeder hätte verstanden, wenn der bevorstehende Abschluss seiner wissenschaftlichen Ausbildung seine ganze Arbeitskraft in Anspruch genommen hätte. Doch er hat seinen Chef wegen seiner privaten Lage, wegen der Geburt der Zwillinge um Verständnis und um einen Aufschub gebeten, der ihm gewährt worden ist. Zudem hat er dafür gesorgt, dass nach dem Ende meiner Babypause eine zuverlässige ältere Frau ins Haus gekommen ist, die unsere Mädchen beaufsichtigt und versorgt hat, wenn wir wieder unserer Arbeit nachzugehen hatten. Am Verhalten Roberts habe ich gesehen, welche Bedeutung es hat, in einer so großartigen Familie aufgewachsen zu sein wie der, die ich bei ihm kennen gelernt habe!

Die Tatsache, dass Robert sich mir und den Zwillingen gegenüber so verhalten hat, als wären sie seine eigenen Kinder, hat mich nicht darüber hinweggetäuscht, zu glauben, damit wäre alles in Ordnung, damit wären alle Probleme beseitigt. Ich wusste von den vielen Fragen, über die er und ich noch zu sprechen hatten. Nachdem die ersten unruhigen Monate rund um und vor allem nach der Geburt der Zwillinge vorüber waren und wir als neue und plötzlich so groß gewordene Familie wieder ein wenig Ordnung, ein wenig Struktur in unser Leben bringen konnten, ist die Zeit für ein Gespräch gekommen. Es ist noch früher Abend, Robert hat mir beim Füttern, Wickeln und Versorgen der Zwillinge geholfen, anschließend mit ihnen auf dem Sofa gesessen, ein Kind im linken Arm, eines im rechten, und hat mit ihnen geschäkert. Es ist ein so rührendes Bild, wie die Mädchen ihn angestrahlt haben, und wie liebevoll er sie angeschaut hat. Als ihnen die Augen zugefallen sind, hat er sie in ihr Doppelkörbchen gebettet, während ich den Abendimbiss vorbereitet habe.

„Ich hätte nie gedacht, Robert, wie und mit welcher Liebe du die Kinder annehmen würdest", eröffne ich das Gespräch. „Das Bild von euch dreien vorhin auf dem Sofa ist so schön und anrührend gewesen, wie ich mir das nicht habe vorstellen können. Ich habe vielmehr befürchtet, das Bewusstsein, diese Kinder sind nicht von dir, dich distanzierter sein lässt." „Weiß du, Paula, ich komme aus einer Familie, die du kennen gelernt hast, in der, seit ich denken kann, Liebe, Vertrauen und gegenseitige Achtung die Hauptrolle spielen. Du hast es gesehen: mit unseren beiden Mädchen in den Armen kann ich gar nicht anders als so zu sein, wie ich das in meiner Familie erlebt habe." ‚Mit unseren beiden Mädchen' hat er gerade gesagt. Fühlt er so, oder hat er das mir zuliebe gesagt? Robert ist eine ehrliche Haut; ich glaube, er fühlt auch so. Sind die Fragen und Probleme, die mir nach wie vor durch den Kopf gehen, damit nur eingebildet? Ich kann nicht glauben, dass die ungewöhnlichen Ereignisse der letzten Zeit nicht auch andere Spuren in seinem Herzen hinterlassen haben, Spuren, die er aus Liebe zu mir verborgen halten möchte.

„Robert, ist es dir recht, wenn ich jetzt ein paar Dinge anspreche, die mir auf dem Herzen liegen? Wir können auch später darüber sprechen, wenn dir das lieber ist. Ich hätte volles Verständnis, weil du gerade andere Probleme im Kopf hast: dein Rigorosum." „Im Trubel der letzten Monate ist das etwas untergegangen, Paula. Deine Sorge, der Abschluss meiner wissenschaftlichen Ausbildung könnte mir so wichtig sein, ein Gespräch, das du wünschst, einfach zu verschieben, ist unbegründet. Mein Chef weiß, in welcher familiären Lage ich bin; er hat mir Aufschub gewährt. Ich kann dir sogar eine Überraschung mitteilen. Das Gespräch mit ihm hat eine sehr angenehme Folge gehabt: er hat mir nach erfolgter Doktorprüfung eine Assistentenstelle angeboten. Paula, für die nächsten Jahre ist unsere Zukunft hier in dieser Stadt gesichert!"

„Ich freue mich für dich, Robert. Es wäre mir nicht lieb, wenn das Ende deiner Ausbildung unter den von mir verursachten Umständen der letzten Zeit zu leiden hätte. Mir ist bewusst, was ich dir zugemutet habe. Robert, wir haben eine sehr ungewöhnliche Zeit hinter uns, eine Zeit, wie wir sie uns bis vor gut zwei Jahren überhaupt nicht hätten vorstellen können. Zuvor waren wir trotz aller Schwierigkeiten, uns überhaupt sehen zu können, glücklich, haben uns geliebt und an die Zukunft einer ähnlich großen Familie gedacht, wie du sie erlebt hast. Dann hat die Diagnose, du kannst keine Kinder zeugen, diesen Traum schlagartig beendet. Nach diesem Tiefschlag haben wir darüber gesprochen, wie bedeutsam, wie wichtig unser Kinderwunsch ist. Für dich, der du aus einer glücklichen und kinderreichen Familie stammst, für mich, die ich mir ein Leben ohne Kinder nicht vorstellen kann. Du erinnerst dich, dass wir nach reiflicher Überlegung bei einer ganz besonderen Lösung unseres Problems gelandet sind. Ich hoffe, du nimmst mir jetzt nicht übel, wenn ich das, was ich sagen will, klar ausspreche und nicht mit verschnörkelten Worten umschreibe. Du bist damit einverstanden gewesen, dass ich erst einen biologischen Vater für unsere Kinder suche und dann mit ihm schlafe. Von den Opfern, die wir voneinander fordern mussten, ist deines das bei weitem größere. Das Resultat hast du jetzt ständig vor Augen, es sind unsere beiden Zwillingsmädchen, Kinder, die nicht von dir gezeugt worden sind. Jetzt bitte ich dich um Verständnis. Für die Zukunft unserer Beziehung und für mein weiteres Leben mit dir sind ehrliche Antworten auf einige meiner Fragen wichtig. Darf ich diese Fragen stellen?" Nach seinem Nicken stelle ich die erste Frage: „Wie stehst du jetzt zu diesen Kindern? Wirst du mit ihnen leben können?"

„Du hast bisher und besonders vorhin gesehen, auf welche Weise ich die beiden Mädchen angenommen habe, Paula. Du hast nicht nur dir ein Geschenk gemacht, du hast auch mir zwei wunderbare Kinder geschenkt. Ich verspreche dir, ich werde immer versuchen, sie auch als meine Kinder anzusehen. Ich will ehrlich sein: ich kann dir nicht versprechen, jemals zu vergessen, dass sie nicht von mir gezeugt worden sind. Ich weiß, solange es beim Aufwachsen der Zwillinge keine Probleme gibt, die einem fremden Erzeuger anzulasten sind, solange bei ihrer Erziehung alle Probleme im üblichen Rahmen bleiben, solange das Wesen und der Charakter unserer Kinder in das passen, was ich als meine Familie empfinde, wird es mir ganz bestimmt leicht fallen, für sie da zu sein. Welche Gefühle mich bewegen werden, sollten Probleme der eben genannten Art auftreten, weiß ich nicht. Dazu kann ich jetzt nichts sagen. Doch gleichgültig, wie unsere Kinder sich entwickeln werden, immer wird es auf dich ankommen, auf dich, auf deine Stärke, auf deinen Lebensmut, und nicht zuletzt auf deine Liebe zu den Kindern und zu mir. Ich bin überzeugt, gemeinsam werden wir viel schaffen, auch vieles Unmögliche." Nach diesen letzten Worten bin ich zu ihm hinübergegangen und habe ihn geküsst. Dass er mir die Verantwortung für das Gelingen dieses ‚Familienexperiments' übergibt, habe ich erwarten müssen; was soll er sonst auch machen. Die Verantwortung für unsere Familie zu übernehmen gehört zu den Opfern, die ich zu erbringen habe ...

„Deine letzten Worte führen mich zu meiner zweiten Frage, Robert. Hat der von mir zuerst geäußerte Gedanke, das Kind eines anderen Mannes zu empfangen und auszutragen, hat meine Bereitschaft, diese Lösung unseres Problems nicht nur vorzuschlagen, sondern auch auszuführen, irgendwo in einer Ecke deines Herzens Zweifel an meiner Liebe zu dir hervorgerufen? Befürchtest du insgeheim, ich könnte mich eines Tages an den biologischen Vater der Zwillinge wenden?"
„Paula, meine Antwort auf diese Frage kann kurz ausfallen: Solange du mich so liebst, als wären die Zwillinge meine Kinder, wird es bei mir keine Befürchtungen dieser Art geben.

Problematischer wäre, sollte sich bei dir herausstellen, dass das Schlafen mit einem anderen Mann für dich eine Bedeutung gewinnt, über die wir vor einiger Zeit schon einmal ausführlich gesprochen haben. Jetzt bin ich derjenige, der dich um Verständnis bittet, wenn ich mit klaren und nicht mit beschönigenden Worten zu dir spreche. Du erinnerst dich, wie du mir dein Begehren nach körperlicher Liebe und Befriedigung zu einer Zeit erklärt hast, als wir uns noch am Anfang unserer Beziehung befunden haben. Wenn ich das noch recht weiß, hast du davon gesprochen, Antrieb für die Stärke und Wucht deiner Liebe seien nicht allein die Freude und der Spaß an körperlicher Nähe, nicht nur Gefühle einer sexuellen Begierde und deren Befriedigung, für dich sei ebenso bedeutsam, ein Kind zu zeugen. Denn zu diesem Zweck würde die Natur das ganze Theater ja veranstalten. Ich habe daher eine Frage an dich, deren Formulierung mir schwer fällt, wenn sie für dich verständlich sein soll: Vermagst du diese beiden Antriebe für deine Art der Liebe, nämlich Liebe als Ausdruck einer persönlichen Beziehung, und Liebe als Ausdruck des Bedürfnisses, Kinder in die Welt zu setzen, nicht nur voneinander zu trennen, sondern jener Liebe den Vorrang einzuräumen, die Grundlage unserer Beziehung ist? Es ist nun einmal so und nicht zu ändern: ich kann dir nur einen Teil dieser Liebe geben."

Ich erinnere mich noch, wie betroffen ich nach dieser Frage gewesen bin. Mir sind die Tränen gekommen, ich habe mich gefühlt, als sei ich so richtig auf dem falschen Fuß erwischt worden. „Robert, ich muss jetzt so ehrlich zu dir sein, wie ich kann. Ich werde dich verletzen müssen. Deine Frage und deine Beschreibung meines Zustands haben mich zutiefst getroffen. Ich müsste lügen, wenn ich behaupten würde, die beiden Seitensprünge mit Sebastian hätten ausschließlich dem Zweck gedient, an seinen Samen zu kommen. Als sich mir die Gelegenheit eröffnet hatte, ohne weitere Bedenken mit ihm schlafen zu können, habe ich mir gesagt: wenn du schon fremdgehst, dann willst du auch deinen Spaß haben. Ich habe meinen Spaß gehabt – und habe beschlossen, es damit genug sein zu lassen. Es wird dich kaum trösten, wenn ich dazu ergänze, dass das Beisammensein mit ihm bei weitem nicht an das Beisammensein mit dir heranreicht. Für mich wie aber auch für dich wird erfreulicher sein, dass Sebastian sich an den beiden Abenden, die ich mit ihm und meinen Kolleginnen und einigen ihrer Begleitern zusammen in lustiger Runde verbracht habe, so verhalten hat, dass mir nicht nur die Beendigung unserer Affäre leicht gefallen ist, ich hatte auch Argumente in der Hand, die gezogen hätten, wäre er auf die Idee gekommen, mit irgendwelchen Wünschen an mich heranzutreten. Das ist bis heute nicht geschehen, das werde ich auch in alle Zukunft verhindern."

Ich habe gesehen, wie sein Mienenspiel sich während meines Berichtes verändert hat; Erschrecken und Erleichterung haben sich in kurzem Abstand abgewechselt. „Robert, es ist spät geworden und ich habe dir schon genug zugemutet. Dennoch muss ich eine dritte Frage stellen, die große Bedeutung für mich hat. Das, was mit uns geschehen ist, können wir anderen Menschen, auch solchen, die uns nahestehen, fremden erst recht, nicht so erklären, dass sie es verstehen werden. Jeder, der von unserem Problem erfährt, wird spontan denken: der Robert, der hat eine Frau, die fremdgeht und danach zwei Kinder in die Ehe mitbringt. Unsere ganz privaten Beweggründe, sofern sie überhaupt zur Kenntnis genommen werden, werden ignoriert. Das Urteil ist schnell gefällt. Du bist der Gehörnte, ich bin die Verdorbene. Ich weiß, nicht alle Verwandten würden so reagieren, deine Eltern zum Beispiel. Bei meinen Eltern wäre ich mir nicht sicher. Deshalb meine Frage: Sollten wir unser Problem, dessen Ursache und unsere Reaktion darauf geheim halten, auch vor unseren nächsten Angehörigen?" „Auf jeden Fall!" hat Robert sofort geantwortet. „Und wie ist das mit unseren Kindern, wenn sie erwachsen sind?" „Paula, darüber werden wir sprechen, wenn es so weit ist."

An diesem Abend sind wir erst spät ins Bett gekommen. Die Zwillinge würden sich irgendwann in der Nacht melden, dann wären wir beide im Einsatz. Doch davor waren wir angeregt, so angeregt, dass wir uns zum ersten Mal nach der Geburt wieder geliebt haben. In uns hatten sich so viele verquere Gefühle angehäuft, wir haben ordentlich arbeiten müssen, sie wieder an ihre Plätze zu bringen.

4

Zwei Jahre später haben wir wieder vor der Kinderfrage gestanden: wollen wir ein drittes Kind haben? Die Zwillinge haben sich prächtig entwickelt. Andere haben sie noch nicht auseinanderhalten können, doch wir haben immer gewusst, mit wem wir es zu tun haben. Denn so sehr sie sie sich äußerlich gleichen, so verschieden sind sie in ihrem Wesen. Toni scheint schon früh zu wissen, was sie will, das hat sie von mir, ihrer Mutter. Line dagegen hat, wie ich bald und nicht unbedingt mit Wohlgefallen erkannt habe, viel vom leichteren Sinn ihres biologischen Vaters mitbekommen. Das wird noch ein interessantes Pärchen, habe ich mir gedacht. Die Kinderfrage ist deshalb wieder aufgekommen, weil sich unsere Lebensverhältnisse sehr stabilisiert haben. Die Betreuung der Zwillinge in den Zeiten unserer Abwesenheit an den Arbeitstagen klappt bestens, im nächsten Jahr sind schon zwei Kitaplätze für sie reserviert. Ich habe eine sichere Stellung in der gut laufenden großen Hausarztpraxis, meine Arbeit macht mir Freude. Noch arbeite ich auf Vollzeit, kann aber jederzeit auf Teilzeit reduzieren. Robert hat eine Assistentenstelle am geologischen Institut mit der Möglichkeit, sich von dort aus entweder um eine Anstellung als promovierter Geologe in einer staatlichen oder kommunalen Behörde zu bewerben, oder sich durch die

Habilitation für eine Zukunft als Wissenschaftler zu entscheiden.

In den vergangenen zwei Jahren haben Robert und ich uns in die besondere Situation unserer Ehe hineingefunden. Unsere Beziehung hat jedoch noch nicht die frei gelebte und manchmal so herrlich wilde Sexualität der Zeit vor unserer Hochzeit und kurz danach wiedergefunden. Das kann daran liegen, dass sich unser Liebesleben mit der Geburt der Zwillinge neuen Lebensbedingungen anzupassen hatte. Es kann aber auch daran liegen, das wir uns noch nicht frei genug fühlen, frei genug, das Arrangement unserer Ehe als normal zu empfinden. Über Robert habe ich mich bislang nicht beklagen können. Er geht mit den Zwillingen um, als wären sie seine leiblichen Töchter. Dort sieht es so aus, als ob ich mir darum keine weiteren Sorgen machen muss. Doch wie wir, er und ich, miteinander umgehen. Das bereitet mir schon mehr Sorgen. Beide bemühen wir uns, doch irgendwie ist es noch nicht dieselbe Art von unbedingtem Vertrauen, Spontaneität und freier Sexualität, mit der wir uns früher begegnet sind. Ich kann gar nicht sagen, woran dieses Gefühl festzumachen ist. Vielleicht ist es das, was in jeder Ehe nach ein paar Jahren geschieht, vielleicht hat es mit Alltag, mit Gewöhnung, mit Sicherheit und mit dem Ausbleiben neuer Erlebnisse zu tun.

Ich frage mich, ob unser alter Wunsch, viele Kinder zu haben, über den wir gerade wieder gesprochen haben, etwas wäre, was uns aufrütteln kann. Ich frage mich, ob uns ein erneutes Abenteuer dabei helfen kann, die lähmende Ruhe in unserer Beziehung zu beseitigen und uns wieder dazu zu bringen, den nun einmal gegebenen Problemen unseres Daseins entgegenzutreten, ihnen die Stirn zu bieten. Mir ist bewusst, welche Rolle ich zu spielen habe, wenn wir ein weiteres Kind wünschen sollten, wenn Robert mir zu verstehen gibt, ein solches Kind zu wollen. Wäre ich dazu bereit? Zu einem erneuten Ehebruch, zu einer erneuten Verleugnung meiner Prinzipien?

Schon oft bin ich diejenige gewesen, die drängende Fragen nicht auf die lange Bank geschoben, sondern angepackt hat. „Robert", habe ich an einem ruhigen Abend unseren alten Kinderwunsch wieder angestoßen, „Robert, möchtest du ein drittes Kind haben?" Mehr als diese Frage habe ich nicht gestellt. Ich habe gewusst, welchen Gedankenreigen meine Frage in ihm erzeugen würde. Ich habe gewusst, dass es eine Wiederholung der Diskussion des Für und Wider über Wege, zu einem Kind zu kommen, nicht geben wird. Ich habe gewusst, dass es dann, wenn auch er sich noch ein Kind wünschen sollte, es für uns nur einen Weg geben wird. Die einzige offene Frage ist nur die, will er ein drittes Kind? In stillem Einverständnis und in eigene Gedanken versunken haben wir beisammen gesessen. Robert hat sich zu meiner Frage nicht geäußert. Ich habe ihn auch nicht gedrängt, denn ich habe gewusst, er wird mir bald eine Antwort geben. In der folgenden Nacht habe ich zu spüren bekommen, welche Antwort er für mich hat. Wir haben eine

Liebesnacht, wie ich sie schon lange nicht mehr erlebt habe. Das ist seine Antwort! Wir haben uns unser Begehren gezeigt, als wäre diese Nacht die letzte Nacht unseres Lebens. Zum ersten Mal nach langer Zeit habe ich das Gefühl, das alte Vertrauen, das alte Verständnis zwischen uns ist wieder da.

Nach dieser Nacht habe ich gewusst, was ich zu tun hatte. Doch wie sollte ich an einen passenden Mann kommen, mit dem ich schlafen mochte und von dem ich mir ein Kind holen könnte? Einen Mann, der sich zudem noch mit einem kurzen Abenteuer zufrieden geben würde? Als selbstbewusste Frau bin ich mir zwar sicher, einen solchen Mann finden zu können. Doch es darf nicht irgendein Mann sein. Sebastian ist nicht mehr in Frage gekommen. Robert in meine Pläne einzubeziehen, das kann und will ich ihm auch diesmal nicht zumuten. Sein Verständnis und seine Hilfe wären dort nötig, wo ich für einige Tage abwesend sein muss. Im Unterschied zu meinem ersten Ehebruch habe ich diesmal jede Freiheit, denn ich weiß, er vertraut mir. Dennoch habe ich mich wieder gefragt, ob das, was ich erneut zu tun beabsichtige, richtig und gut ist. Ob sein und mein Kinderwunsch ausreicht, ein Verhalten rechtfertigen zu können, das ich mir nach wie vor eigentlich nicht vorstellen kann. Das Wissen, zum selben Zeitpunkt, an dem ich diese Bedenken habe, würden überall um mich herum solche Seitensprünge stattfinden, das Wissen, dass eine ziemlich große Anzahl Kinder Kuckuckskinder sind, kann mich da nicht beruhigen. Mir ist jedoch klar, wenn Robert und ich noch wenigstens ein weiteres Kind haben wollen, muss ich handeln und bereit sein, die Verantwortung dafür zu übernehmen. Mit achtundzwanzig Jahren bin ich noch im besten Alter, ein Kind zu bekommen. Länger zu warten wird die Sache nicht einfacher machen.

Nach dem langen Ausflug meiner Gedanken in jene Jahre, in denen unsere Beziehung, unser Leben eine Wende genommen hat, die wir uns niemals haben vorstellen können, kehren meine Gedanken wieder in die Gegenwart zurück, in die Gegenwart meiner Familie. Von außen betrachtet, aus dem Blickwinkel unserer Eltern und Verwandten, unserer Freunde und Bekannten sind wir eine völlig normale Familie. Wir gelten als glückliches Ehepaar mit drei Kindern, zwei prächtigen vierzehnjährigen Mädchen Antonia und Pauline als Zwillingspaar, in unserer Familie nur Toni und Line genannt, und einem aufgeweckten elfjährigen Jungen Florian, der Flo gerufen wird. Nach der Geburt unseres Sohnes habe ich meine Vollzeitstelle in der Hausarztpraxis aufgegeben und in eine Teilzeitstelle umwandeln können. Robert hat mir zugeredet, auf jeden Fall weiter einer Arbeit nachzugehen, die mir Freude bereitet. „Paula, ich kann mir eine moderne Frau, noch dazu eine so selbstbewusste wie dich, nicht anders vorstellen." Nötig wäre es nicht gewesen, denn Robert hat damals schon ein genügend hohes Einkommen gehabt. Mittlerweile ist er habilitiert, hat eine Stelle an der Uni als Abteilungsleiter und Privatdozent und wird bald zum Professor ernannt.

Meine Familie wird als ‚Bilderbuchfamilie' angesehen. Ich glaube aber, Robert und ich dürfen uns da nichts vormachen. Die Zwillinge fangen schon an, Fragen zu stellen. Beim Stöbern in Fotoalben finden sie alte Fotos von Robert, als er noch ein Junge war. „Mama, Papa sieht uns gar nicht ähnlich. Findest du das nicht auch?" fragen sie. Ich kann sie beruhigen; Jungen würden ihr Aussehen beim Heranwachsen oft stärker ändern als Mädchen. Das Verhalten unseres Sohnes Flo dagegen macht mir schon eher Sorgen. Aufgeweckt, wie er erfreulicherweise ist, zeigt er gelegentlich narzisstisches Verhalten. Von einem Angehörigen meiner Familie ist mir das nicht bekannt. Das muss er von seinem biologischen Vater mitbekommen haben. Noch fällt das kaum auf, doch ich werde seine Entwicklung im Auge behalten. Gerade habe ich zwei Stunden für mich, Robert ist mit den Kindern auf einer Kirmes.

Meine Erinnerungen gehen wieder weit zurück in jene Zeit, als ich Flo's biologischem Vater begegnet bin, einem attraktiven Mann mit ausgeprägtem Selbstbewusstsein. Bei einem Aufenthalt in einem Urlaubshotel habe ich ihn abends in der Tanzbar getroffen. Ich hatte meinen Arbeitgeber zum Ausgleich meiner Überstunden für einige Tage um Urlaub gebeten und mich dort mit den zweijährigen Zwillingen einquartiert, während Robert eine Woche lang auf einer geologischen Exkursion im Ausland gewesen ist. Ich habe diesen Urlaub angetreten, um ganz bewusst einen Mann kennen zu lernen und wenn möglich zu verführen. Diesen Mann habe ich unter den Gästen bald entdeckt. Er war offenbar allein. Obwohl ich mich um meine Töchter kümmern musste, ist es mir nicht schwer gefallen, das Interesse dieses Mannes zu wecken. Wir Frauen wissen, wie so etwas geht. An den ersten beiden Abenden habe ich gesehen, die Zwillinge schlafen nach einem erlebnisreichen Tag auf den Spielplätzen und am Strand durch. Abends an der Hotelbar habe ich die Toilettenpause dazu genutzt, schnell in mein Zimmer hinaufzuhuschen und nachzuschauen, ob bei den Zwillingen alles in Ordnung ist. Schon am zweiten Abend haben Günther, so heißt der Mann, für den ich mich interessiert habe, und ich uns bekannt gemacht und ein paar unverbindliche Informationen zu unseren Berufen und den Grund unserer Anwesenheit in diesem Hotel ausgetauscht. Günther hat sich nicht nur als guter Tänzer, sondern auch als angenehmer und durchaus interessanter Gesprächspartner erwiesen. Ob er sich in einer festen Beziehung befunden hat, weiß ich gar nicht mehr; das hat mich auch gar nicht interessiert. Nachträglich muss ich ein wenig schmunzeln, wenn ich an den dritten Abend denke. Denn das ist der Abend gewesen, an dem ich zur Attacke geblasen habe! Nach einer Stunde in der Bar und dem ersten Kuss am Ende eines Tanzes bin ich bereit gewesen, mich von ihm zu seinem Zimmer führen zu lassen. Unterwegs habe ich noch schnell in mein Zimmer geschaut, die Zwillinge haben tief geschlafen. Ich habe mir eine Stunde gegeben, eine Stunde, in der ich durchaus auch meinen Spaß gehabt habe. Er hätte mich gern den Rest der Nacht noch bei sich gehabt, doch ich habe ihm klar gemacht, dass meine Kinder auf mich warten. Als er mich am nächsten Abend um eine Wiederholung gebeten hat, habe ich sie ihm gern gewährt. Am Tag darauf bin ich abgereist. Ich habe gewusst, er würde nicht versuchen, weiteren Kontakt mit mir zu halten. Das Abenteuer mit einer verheirateten Frau und zwei Kleinkindern wird ihm gereicht haben.

Robert und mir hat dieses Abenteuer unseren Sohn Flo gegeben. Wie bei den Zwillingen habe ich erlebt, auf welche schöne Weise er meine zweite Schwangerschaft und die Geburt begleitet hat, wie er sich zu Beginn meiner Mutterschaft um mich, die Zwillinge und unser Zuhause gekümmert und unseren Sohn Flo angenommen hat, obwohl Flo nicht sein leibliches Kind ist. Wieder habe ich erlebt, Robert ist einzigartig; einen zweiten Mann wie ihn gibt es nicht. In den nachfolgenden Jahren habe ich mich öfter gefragt, ob ich auch glücklich bin. Ob mein Verhalten sowohl zu meinem wie auch zu Roberts Glück beigetragen hat.

5

Wie müsste ich diese Frage elf Jahre nach Flo's Geburt beantworten? Wenn ich mir jene Jahre ansehe, in denen Robert und ich mit unseren drei Kindern zusammengelebt haben, fällt meine Antwort keineswegs so eindeutig aus, wie ich mir das wünsche. Jeder Außenstehende meint, eine glücklichere Ehe als unsere gibt es nicht. Aber kein Außenstehender weiß, auf welch tönernen Füßen unsere Ehe steht! Keine enge Freundin, kein enger Freund, keiner von unseren Eltern, keiner unserer Verwandten weiß etwas. Robert und ich leben in einer Blase und hüten ein tiefes Geheimnis, das wir mit niemandem teilen können. Wir haben vereinbart, auch unseren Kindern so lange wie irgend möglich nichts über ihre Herkunft mitzuteilen. Die Namen ihrer biologischen Väter sind zwar so hinterlegt, dass niemand ohne unsere Einwilligung Kenntnis davon erhalten kann. Doch als medizinisch informierte Mutter kann ich nur hoffen, dass es zu meinen und Roberts Lebzeiten, jedenfalls aber solange unsere Kinder nicht volljährig sind, zur Notwendigkeit einer DNS-Probe kommt und damit die Herkunft der Kinder aufgedeckt wird. Erst recht soll es auch nie zu irgendwelchen rechtlichen Ansprüchen kommen, die die biologischen Väter unseren Kindern gegenüber erheben, oder die unsere Kinder nach unserem Tod ihren Erzeugern gegenüber einfordern können.

Dieses festhalten Müssen an einem Geheimnis ist für mich belastend, für Robert vermutlich auch. Wir haben jetzt vierzig Lebensjahre hinter uns und damit die Mitte unseres Lebens überschritten. Unsere Kinder wachsen heran und sind eines Tages groß. Ich denke, es ist für Robert und mich Zeit, uns zu einer gründlichen Aussprache zusammenzusetzen. Wir sollten vor allem darüber sprechen, wie wir mit Fragen umgehen, die unsere Kinder eines Tages unweigerlich an uns richten werden. Auch, wenn unser Geheimnis für alle anderen außerhalb unserer engsten Familie ein Geheimnis bleiben muss, mit unseren Kindern werden wir es irgendwann teilen müssen. Spätestens dann, wenn sie auf der Suche nach einem Partner sind, wenn sie eine eigene Familie gründen wollen. Wir als Eltern sollten vorbereitet sein. Es darauf ankommen zu lassen, dass ihre Herkunft auch in ferner Zukunft zufällig unentdeckt bleibt, ist bei den Fortschritten in der Medizin, die jetzt schon bekannt sind und die in Zukunft sicher noch viel beherrschender sein werden, unverantwortlich. Ich brauche mir nur vorzustellen, unter unseren Kindern ist wegen einer schweren Erkrankung oder wegen eines Unfalls eine Bluttransfusion unter nahen Verwandten notwendig und ihnen würde mitgeteilt, dass das wegen der Unverträglichkeit ihrer Blutgruppen nicht möglich sei. Sich erst dann einer Eröffnung ihrer biologischen Herkunft gegenüber zu sehen, das können und dürfen wir Eltern ihnen nicht zumuten. Ich glaube, unsere Kinder sollten dann, wenn sie vor dem Gesetz als erwachsen gelten, erfahren, von wem sie abstammen.

Mit dem, was ich als das ‚glücklich Sein' empfinde, habe ich auch an ganz anderer Stelle ein Problem. Welches Bild habe ich noch als Dreiundzwanzigjährige von meinem Lebensglück gehabt, und was ist daraus geworden? Wenn ich eine neutrale Person wäre, die die besonderen Lebensumstände nicht kennt, die mich nach dem Leben zu beurteilen hätte, das ich danach geführt habe, was würde ich dann sehen? Schonungslos betrachtet wäre mein Verhalten nichts anderes als das einer skrupellosen Ehebrecherin, die ihrem Ehemann die Hörner aufgesetzt und sich ihre Kinder von anderen Männern geholt hat. Zu genau diesem Urteil würde ich wie alle anderen Menschen, die ich kenne, kommen. Dieses Wissen, das erst in dem Augenblick in meinen Kopf eingedrungen ist, als ich nahe daran war, in den Wochen vor der Geburt der Zwillinge Roberts Mutter alles zu erzählen, hat mir klar gemacht, in welcher Lage ich bin. Die Einsamkeit, die Robert und mich seitdem umgibt, ist der Preis, den wir zu zahlen haben, um einen Schutzwall gegen das vernichtende Urteil der Gesellschaft zu haben, ein Urteil, gegen das wir uns nur hätten wehren können, wenn wir intime Details unseres Gefühls- und Sexuallebens offenbart hätten. Und dazu hätte ich mich, dazu hätte auch Robert sich niemals bereitfinden können.

Das größte Glück für mich ist meine Beziehung zu Robert. Das war vor meiner Entscheidung zum Ehebruch so und ist es erst recht hinterher. Für dieses Glück bin ich bereit gewesen, alles zu opfern, auch meine Prinzipien. Ich erinnere mich, wie mir in der üblichen Depressionsphase nach Flo's Geburt bewusst geworden ist, welches Risiko ich in Kauf genommen hatte. Ich mag mir gar nicht vorstellen, wie es mir ergangen wäre, hätte Robert sich zurückgezogen, wären seine Gefühle für mich erkaltet! Ich hätte mich nicht beschweren dürfen, wenn er meinen Körper nicht mehr begehren mochte, weil sich zuvor zwei andere Männer mit ihm vergnügt hatten. Seit wir uns lieben, weiß Robert, welche Bedeutung die körperliche Nähe, die sinnliche Liebe, die freie Sexualität für mich haben. Er weiß, dass ich mich mit dem, was ich unter Beziehung verstehe, nicht darauf beschränken kann, nach außen den Eindruck einer guten Ehe, einer funktionierenden Familie zu erwecken und mich nach innen mit Höflichkeit und einem Gute-Nacht-Kuss begnügen kann. Er kennt meine Bedürfnisse – und wird sich natürlich gefragt haben, welche sexuelle Bedeutung meine Begegnungen mit den beiden anderen Männern gehabt hat. Ich bin ehrlich gewesen und habe zugegeben, wenn ich schon zum Zweck der Zeugung von Kindern fremdgehe, auch meinen Spaß dabei haben zu wollen. Keine Frage, diese Ehrlichkeit hat ihn sehr verletzt. Sie hat ihm aber auch gezeigt, dass diese Abenteuer keine Spuren in meinem Gefühlsleben hinterlassen haben! Wenn ich ihm danach meine Liebe, mein Begehren gezeigt habe, dann ist er bereit gewesen, mir zu glauben und anzuerkennen, dass ich nicht wegen eines schlechten Gewissens, sondern aus Liebe zu ihm so handle. Dennoch war es so, dass unsere Beziehung nicht mehr denselben Charakter hatte, nicht mehr so selbstverständlich gelebt worden ist wie vor der Aufdeckung seiner Unfruchtbarkeit.

Unsere Zwillinge waren gerade eingeschult, unser Sohn Flo war gerade in die Kita aufgenommen worden, als Robert und ich uns die Zeit nehmen konnten, das erste Gespräch über diesen ganzen Berg an Fragen und Problemen in unserer Beziehung zu führen. In einigen Fragen haben wir sehr schnell Einvernehmen erzielen können. Die Herkunft unserer Kinder soll ein gut gehütetes Geheimnis bleiben, zumindest solange, bis sie volljährig sind. Auch keiner unserer Eltern und Geschwister soll Kenntnis davon bekommen, Freunde und Bekannte sowieso nicht. Uns war bewusst, mit der Einsamkeit, die dieses Geheimnis für uns bedeutet, werden wir leben müssen. Die Namen der biologischen Väter unserer Kinder auf sichere Weise zu hinterlegen, auch darüber waren wir uns schnell einig. Eine kurze Diskussion hat es bei der Frage eines Testaments gegeben. Bisher haben wir noch gar nicht daran gedacht, Verfügungen zu hinterlassen, die unsere Wünsche enthalten, was im Fall des Eintritts der Geschäftsunfähigkeit oder des Todes eines von uns geschehen soll. Wir haben vereinbart, zu diesem Problem zu einem späteren Zeitpunkt Beschlüsse zu fassen.

Über die Frage, wie unser Gefühlsleben nach den beiden Abenteuern und deren Folgen aussieht, haben wir länger sprechen müssen. Ich habe Robert beschrieben, wie ich ein Verhalten wie das Meine beurteilt hätte, wäre es nicht mir, sondern einer anderen Frau geschehen. „Ich hätte dasselbe getan wie die Gesellschaft, in der wir leben. Ich hätte diese Frau in der Luft zerrissen. Ich hätte in ihr nichts anderes als eine skrupellose Ehebrecherin sehen können, die ihrem armen Mann die Hörner aufsetzt und ihm zudem noch fremde Bälger unterschiebt." „Aber so ist es doch gar nicht gewesen!" hat

Robert spontan protestiert. „das stimmt, doch keiner weiß das. Als ich dreiundzwanzig war und wir uns schon seit Jahren heftig geliebt haben, da hatte ich noch meine Prinzipien, da hätte ich so gedacht, wenn mir ein solches Verhalten zu Ohren gekommen wäre. Dass mir aber genau das einmal passieren könnte, das hätte ich mir nie vorstellen können. Kannst du verstehen, wenn ich beim Vergleich meiner Prinzipien von damals mit den Umständen, mit denen ich jetzt lebe, ein schlechtes Gefühl bekomme?"

Jetzt ist Robert doch nachdenklich geworden. Ich muss mich jetzt an ihn wenden. „Robert, ich ertappe mich dabei, nur von mir zu reden. Ich liebe dich, mir ist es nicht egal, wie es dir geht. Ich weiß nicht, wie du das siehst, ich denke, auch unsere Beziehung hat sich gewandelt. Ich meine jetzt nicht jenen Wandel, der mit unseren Kindern einhergeht, mit der Sorge um deren Wohlergehen und um deren Zukunft. Ich meine einen Wandel in unserer Liebesbeziehung, nachdem wir uns entschlossen haben, auf Kinder nicht verzichten zu wollen. Um unseren Kinderwunsch erfüllen zu können, habe ich mich in einer Weise verhalten müssen, die dich zutiefst verletzen musste. Dennoch kümmerst du dich um die Kinder, die ich in unsere Ehe gebracht habe, in einer Weise, die ich nur bewundern kann; du liebst sie, als wären es deine Kinder. Du bist nicht nur nach draußen, du bist auch in meinen Augen der beste Vater für sie. Als Frau spüre ich aber, dass sich in unserer

Beziehung etwas geändert hat. Darüber haben wir noch nicht sprechen können."

Nach einer längeren Pause hat er seine Sprache wieder-gefunden. „Seitdem wir uns so geliebt haben, das wir uns nichts anderes mehr als eine gemeinsame Zukunft vorstellen konnten, seitdem du meine Familie kennen gelernt hast, hat nicht nur unser Begehren, seitdem hat auch der Kinderwunsch unsere Gefühle und unser Denken beherrscht. Die Diagnose, ich bin unfruchtbar und kann keine Kinder zeugen, hat mich natürlich umgeworfen, Paula. Für einen Mann gehört eine solche Diagnose mit zum Schlimmsten, was ihm passieren kann. Allein das ist schon ein Grund, unsere Liebesbeziehung in einem anderen Licht zu sehen. Keine Frage, dass du als Frau das sofort bemerkt hast. Ich habe meine Aufgabe darin gesehen, dich meine Enttäuschung so wenig wie möglich spüren zu lassen. Ich habe mich bemüht, dir meine Liebe, mein Begehren in ähn-licher Weise zu zeigen wie vor dieser Diagnose. Dass mein Bemühen nicht reichen wird, ist mir bewusst gewesen. Deshalb habe ich dir eine Trennung von mir angeboten, damit du nach einem Mann Ausschau halten kannst, der dir Kinder geben kann."

Nach einer kurzen Pause der Rührung konnte er fortfahren. „Paula, du hast mir daraufhin gesagt, niemals auf mich verzichten zu wollen. Du hast mir aber auch beschrieben, welche tiefere Bedeutung, welchen tieferen Zweck die körperliche Liebe, das Begehren und die sexuelle Befriedigung für dich haben: es geht nicht allein um den Spaß an- und miteinander, es geht auch um das Zeugen von Kindern. Doch wie nach meiner Diagnose zu einem Kind kommen? Wir haben hin- und herüberlegt und zunächst keine Lösung gesehen, mit der wir unsere Zukunft gestalten wollten. Bis du dann einen ungewöhnlichen Gedanken geäußert hast. Wir hatten vereinbart, diesen Gedanken, zu Kindern zu kommen, dann, wenn er unsere Beziehung sprengen würde, sofort zu verwerfen. Das ist natürlich in dem Moment nur noch Theorie gewesen, als du schwanger geworden bist. Deine erste Schwangerschaft und die Art und Weise, wie sie entstanden ist, haben Tatsachen geschaffen, denen ich mich habe stellen müssen. Ich müsste lügen, wenn ich behaupten würde, dass mich das Wissen, du hast mit einem anderen Mann geschlafen, ohne Gefühlsregung gelassen hätte. Neben einer Diagnose wie Unfruchtbarkeit gehört das Fremdgehen der geliebten Partnerin für einen Mann zu den schlimmsten Erfahrungen seines Lebens. Allein das Bewusstsein der besonderen Lage, in der wir gewesen sind, allein deine wunderbare Liebe, die du mir nach deinem Seitensprung unverändert gezeigt hast, haben bei mir dazu geführt, mit dieser neuen Ausrichtung unserer Beziehung leben zu können. Ich versuche zwar mein Bestes, weiß aber, dass jene unbekümmerte Beziehung, die wir früher einmal hatten, sich geändert hat."

Nach einer Pause, in der ich über den Blick in seine Seele, den er mir gewährt hat, nachdenken kann, fährt er fort: „Paula, nach diesem Rückblick auf die Entwicklung unserer Beziehung muss ich dir etwas Wichtiges sagen, etwas entscheidend Wichtiges. Das Glück, das ich mit dir gefunden habe, ist durch die prächtigen Kinder, die du uns geschenkt hast, erst vollkommen geworden. Nur unserer Kinder wegen haben wir uns auf jenes Abenteuer eingelassen. Bei allen Bedenken, die du auf dem besonderen Weg zu einer Familie, zu unserer Familie hattest, solltest du wissen: ich bin glücklich, dass du trotz meiner Einschränkung einen Weg gefunden hast, unseren Kindertraum zu verwirklichen. Ich sage das nicht nur so daher. Du weißt, aus welcher Familie ich komme und welche Einstellung ich zu Kindern und zu einer Familie habe. Gleichgültig, wie unsere Beziehung sich noch entwickeln mag, ich werde dir immer dankbar für das Opfer sein, das du erbracht hast. Und ich werde dich und die Kinder immer lieben, solange du bei mir bleibst."

Ich erinnere mich, welche wunderbare Nacht wir nach dieser Aussprache erlebt haben. Bei allem Schuldbewusstsein, bei allen trüben und grauen Stellen meiner jüngeren Vergangenheit ist mir wieder bewusst geworden, welchen Mann ich in Robert gefunden habe. Ihn nie aufgeben zu wollen ist die beste Entscheidung meines Lebens gewesen. Mit ihm nicht mehr jene unbekümmerte Beziehung von früher leben zu können, nehme ich dafür in Kauf. Ich bin nicht nur willens, sondern überzeugt, wir werden in dieser besonderen Situation nicht nur unser eigenes Glück finden, wir werden auch unsere Lebensaufgabe bewältigen und unseren Kindern die besten Eltern sein.

6

Weitere fünf Jahre sind vergangen. Es ist verblüffend, in welch kurzer Zeit aus hilfebedürftigen Kindern selbständige und selbstbewusste junge Menschen werden. Für mich als leibliche Mutter sowieso, aber auch für Robert sind sie seine Kinder, gerade weil sie immer kritischer geworden sind und begonnen haben, gelegentlich solche Fragen zu stellen, bei denen wir uns die Antworten gut überlegen müssen. Flo, auf dessen Entwicklung wir ein besonderes Auge haben, ist jetzt sechzehn. Das Gymnasium macht ihm keine Schwierigkeiten, obwohl er kaum etwas dafür tut – tun muss, wie er sagt. Er hat sich schon früh ein Hobby zugelegt, das ihn immer stärker gefesselt hat. Nachdem Robert ihm einen gebrauchten Computer überlassen hat, ist er schnell ein richtiger Freak geworden, hat sich einen Park von Elektronikgeräten zugelegt und bewegt sich mit traumwandlerischer Sicherheit im Internet. Hat jemand Probleme mit seinen Geräten, Flo ist der Fachmann. Selbst Robert, der schon länger mit Rechnern arbeitet, wendet sich an ihn, wenn etwas nicht klappt. Es sieht so aus, als würde das, was uns Sorgen bereitet, seine narzisstische Neigung, noch keine bedeutsame Rolle spielen. Er ist ausgeglichen und fröhlich, wenn er mit seinen ‚Freunden' im Internet chattet. Echte Freunde, mit denen er unterwegs sein und etwas unternehmen kann, hat er allerdings nicht. „Die wollen Sachen machen, die mich nicht interessieren", hat er uns einmal erklärt. Bei unseren Spieleabenden ist er mit wenig Begeisterung, oft sogar nur widerwillig dabei. Verlieren kann er nur schlecht. Auch bei Unternehmungen der gesamten Familie, bei Wochenendausflügen und bei Familienurlauben zeigt er wenig Begeisterung. Für Mädchen interessiert er sich bislang gar nicht. Wird dieses Thema angesprochen, geht bei ihm sofort die Klappe herunter. Vielleicht ändert sich das noch. Zur Zeit fühlt er sich von seinen Schwestern genervt, wenn sie ihn mit Mädchen aufziehen wollen. „Wenn man ihn in Ruhe lässt, ist Flo ein lieber Kerl. Interessiert ihn etwas, dann kann er sich voll hineinhängen. Aber sonst ist er spürbar anders als wir", hat Robert mir vor kurzem gesagt. Ich weiß, er hat dabei sicher an dessen biologischen Vater gedacht.

Unsere beiden Mädchen, Toni und Line, haben ein völlig anderes Wesen als Flo. Sie sind mittlerweile neunzehn Jahre alt und stehen kurz vor ihrem Abitur, das sie ohne größere Anstrengungen schaffen werden. Als Zwillingsschwestern sind sie sich selbst genug, haben aber auch viele Freundinnen. Sie sind gesellig und zeigen schon seit Jahren durchaus Interesse an Jungen; soweit wir Eltern das wissen, hat jedoch noch keine von ihnen einen festen Freund. Wenn sie abends ausgehen, sind sie pünktlich zur verabredeten Zeit wieder zuhause. Seit einem Jahr, seit sie achtzehn sind, teilen sie uns nicht mehr genau mit, wohin sie gehen. „Wir sind jetzt volljährig", haben sie uns Eltern mitgeteilt. Ihr Verhalten zeigt uns aber, dass wir ihnen vertrauen können. Bei unseren Spieleabenden sind sie gern dabei. Diese Spieleabende haben wir schon vor vielen Jahren eingeführt; Robert, weil er das von seiner Familie her gewohnt war, ich, weil ich das als so schön empfunden habe. Mit den Mädchen haben Robert und ich uns von klein auf bestens verstanden. Robert, ihr Papa, war zum Schmusen da, ich als Mama bin für die vielen kleinen Wehwehchen beim Größerwerden und die größeren Probleme beim Erwachsen-werden zuständig gewesen. Jetzt sind beide attraktive junge Frauen, die vor ihrem Schritt ins eigene Leben stehen. „Line will Menschen helfen und Ärztin werden, Toni, die Ernstere der beiden, möchte Kindern und jungen Menschen etwas bei-bringen und Lehrerin werden", habe ich Robert vor einem halben Jahr mitgeteilt. „Da haben sie ja großartige Ziele. Und wir, wir werden uns demnächst ordentlich anstrengen müssen, zwei Töchtern ein Studium zu finanzieren", hat er gemeint. „Schauen wir erst mal, wie das Abitur läuft, dann sehen wir, was sich machen lässt. Jetzt erwerben sie gerade ihren Führerschein. Da sehen wir schon, welche Sonderausgaben auf uns zukommen."

Nach einem Spieleabend, an dem auch der widerwillige Flo dazu gebracht werden konnte, teilzunehmen, hat Toni mich gefragt, woher der Unwille bei Flo kommt, überhaupt, warum er sich oft so anders benimmt als die übrigen Familienmitglieder. „Ich verstehe nicht, warum er so wenig Lust hat, mit uns zu spielen. Und wenn er mitspielt, dann mit einem übertriebenen Ernst. Von dir und von Papa hat er das jedenfalls nicht; ihr spielt gern mit und wollt nicht dauern gewinnen. Gibt es in euren Familien jemanden, der so ähnlich ist wie er?" Diese Frage und meine Not, sie von dieser Frage und meiner ausweichenden Antwort wegzulocken, haben mich daran erinnert, dass es für Robert und mich Zeit geworden ist, bald mit unseren Töchtern zu reden. Was wir bislang noch in die Zukunft schieben konnten, was uns eine lange Zeit der ‚normalen' Entwicklung unserer Familie gegeben hat, steht jetzt zur Klärung an und kann nicht weiter weggeschoben werden. Ich hatte den Tag der Wahrheit zwar immer gefürchtet, hatte mich aber schon so in unserem Geheimnis eingerichtet, dass es längere Zeitabschnitte gegeben hat, in denen ich vergessen konnte, was auf uns wartet.

Als ich Robert von Tonis Frage berichtet habe, hat er gemeint, auch ihm wäre bewusst geworden, es könnte so weit sein. „Weißt du, Paula, als ich Flo wegen seines Verhaltens bei unserem Spieleabend neulich ein wenig ins Gebet genommen habe, hat er mich gefragt, warum er so anders sei als Toni, Line, du und ich. Ich habe ihn noch beruhigen können, indem ich davon gesprochen habe, dass seine Entwicklung noch nicht abgeschlossen sei und er sich jetzt noch am Ende der Zeit der Pubertät befinde. Doch mir ist klar gewesen, eines nicht mehr fernen Tages wird er mehr wissen wollen. Paula, ich fürchte, wir müssen handeln. Was meinst du, sind unsere Töchter jetzt so weit, die Wahrheit über ihre Herkunft erfahren zu können? Wenn es dir recht ist, übernimmst du den Part, mit ihnen zu sprechen. Ich bitte dich nicht deshalb darum, weil ich mich vor einem solchen Gespräch drücken möchte. Ich meine nur, du bist stark, du hast ein großes Herz, du weißt, was du willst, und als Mutter hast du jenen Draht von Frau zu Frau, der bei einem solchen Gespräch hilfreich ist. Ich wüsste zum Beispiel nicht, was ich sagen sollte, wenn mir von unseren Töchtern nach der Aufklärung ihrer Herkunft eine Welle von Enttäuschung, ja womöglich von Wut oder gar Hass entgegenschlagen würde. Dir traue ich zu, die richtigen Worte zu finden, ihnen unsere Entscheidungen so zu erklären, dass unserer Familie nicht die Auflösung droht. Ich bin bereit, nach der Aufklärung unserer Töchter jede deiner Entscheidungen mitzutragen und dir in jedem Fall zur Seite zu stehen."

Oh Gott, Robert, habe ich gedacht, was traust du mir da zu! Ich bin doch diejenige, die uns erst in diese Lage gebracht hat! Aber du hast recht, wenn einer von uns mit unseren Töchtern über eine solche Vergangenheit reden kann, dann ich als ihre leibliche Mutter. Dieses Gespräch muss ich vorher allerdings sorgfältig durchdenken. Einfach so zu tun, als wäre das eine eher beiläufige Angelegenheit, ist weder meine Art noch eine Grundlage für das künftige Zusammenleben in unserer Familie. Der Gedanke an die Zukunft unserer Familie hat mich schnell dazu gebracht, vom Ende her zu denken. Welches Ziel wünsche ich mir nach einer solchen Art von ‚Aufklärung'? Auf jeden Fall soll unsere Familie weiter bestehen! Mir ist bewusst, der innere Zusammenhalt unserer Familie wird nicht derselbe bleiben wie bisher; ich glaube, nach einer Aufklärung unserer Töchter über ihre Herkunft wird es Veränderungen unserer Beziehungen geben, die ich noch nicht kenne. Doch jede Art eines künftigen Zusammenhalts wird nur dann möglich sein, wenn wir alle bereit sind, Enttäuschungen und Verletzungen auszuhalten, und wenn wir alle ehrlich bleiben. Diese Ehrlichkeit fängt bei uns Eltern, fängt bei mir an. Verständnis für unsere, für meine Entscheidungen kann ich bei meinen erwachsenen Töchtern nur erreichen, wenn es mir gelingt, sie vorsichtig genug an das heranzuführen, was früher einmal geschehen ist, an das, was die Wahrheit ist. Doch wie sollte ich vorgehen? Sofort mit der Tür ins Haus zu fallen und danach erklären zu wollen, warum das alles so geschehen musste, das ist nicht der richtige Weg. Andererseits: erst lange um den heißen Brei herumzureden und dann die Keule herauszuholen, das geht auch nicht. Mir bleibt nur die Hoffnung, im richtigen Augenblick die richtigen Worte finden zu können. In dieser Stimmung habe ich das Gespräch mit unseren Töchtern gesucht.

An einem der nächsten Abende, als Robert mit Flo in seinem Institut ist, um ihm erst seinen Arbeitsbereich zu zeigen und dann seinen Rechner und die angeschlossene Hardware durchzuchecken, habe ich mit Toni und Line in unserer gemütlichen Küche gesessen. Robert hat mir gesagt, er würde mit Florian für mindestens zwei Stunden wegbleiben. Wie fange ich jetzt nur an, habe ich gedacht, als Pauline und Antonia fröhlich über einen lustigen Zwischenfall schwatzen, den sie heute in der Schule erlebt haben. Mir ist überhaupt nicht nach ‚small talk' zumute! „Darf ich mit euch über eine ernste Sache reden?" Sie haben mich wegen meines Stimmungswandels überrascht angesehen. „Geht es um unser Abitur?" fragt Antonia. „Nein. Antonia, Pauline, worüber ich mit euch sprechen möchte, ist etwas aus dem Leben eurer Eltern, etwas, von dem ihr noch nichts wisst, was ihr jetzt, wo ihr erwachsen seid, aber wissen solltet. Ich muss euch um ganz viel Verständnis bitten, denn mir fällt das, was ich euch gleich mitzuteilen habe, ganz und gar nicht leicht." Ihren Gesichtern kann ich ansehen, sie begreifen, dass es mir um etwas Ernstes geht. Ich erzähle ihnen, wie ihr Papa und ich uns kennen gelernt haben, und wie wir uns trotz der widrigen äußeren Umstände unsterblich ineinander verliebt haben. Ich berichte ihnen, wie die große Familie ihres Papas mich beeindruckt hat, und wie sehr ich mir auch eine solche Familie gewünscht habe. „Mama, davon hast du uns bis jetzt ja noch gar nichts erzählt", ruft Pauline überrascht. „Ja, ihr werdet gleich verstehen, warum." Ich berichte ihnen weiter, dass ihr Papa und ich uns gleich nach der Hochzeit entschlossen hätten, Kinder zu bekommen, obwohl seine Ausbildung noch nicht vollständig beendet gewesen war. Als ich nach über einem halben Jahr nicht schwanger geworden bin, hätte ich mich von einer Frauenärztin untersuchen lassen, die mir bestätigt hat, jederzeit Kinder bekommen zu können. „Als ich nach einem Jahr immer noch nicht schwanger geworden bin, hat euer Papa sich von einem Urologen untersuchen lassen. Dessen Diagnose ist die Ursache dafür, dass wir drei jetzt hier sitzen und dieses Gespräch führen." Die Pause, die ich einlegen muss, beendet Antonia. Mit einem deutlichen Zittern in ihrer Stimme fragt sie: „Mama, welche Diagnose ist das gewesen?" Jetzt ist es so weit! Jetzt kann ich mit einem kurzen Satz das Geheimnis, mit dem Robert und ich bislang gelebt haben, lüften und zum ersten Mal die Wahrheit sagen: „Euer Papa kann keine Kinder zeugen."

7

Ein langes Schweigen entsteht. Meine Töchter benötigen Zeit, diese für sie völlig überraschende Nachricht aufnehmen und dann allmählich begreifen zu können, was das für sie bedeutet. Antonia ist die erste, die ihre Sprache wiederfindet. „Mama, was sagst du uns da? Papa kann gar keine Kinder bekommen?" Nach meinem Kopfnicken ist Paulines Gesicht immer noch ein einziges Fragezeichen. Dann ein Begreifen bei ihr: „Papa ist gar nicht unser richtiger Vater? Mama, wer ist denn dann unser Vater? Woher kommen wir?" Da ist sie, die Frage, vor der ich mich am meisten gefürchtet habe. Eine Weile herrscht Schweigen. „Bist du denn unsere richtige Mutter?" fragt Antonia, eine Frage, die mich überrascht, die mir aber aus ihrer Sicht verständlich erscheint. „Ich bin eure leibliche Mutter." „Auch die Mutter von Flo?" „Ja."

In der folgenden halben Stunde versuche ich, den Ansturm ihrer Fragen, wieso sie auf der Welt sind, obwohl ihr Papa gar nicht ihr leiblicher Vater ist, so zu bewältigen, dass ihren Seelen möglichst wenig Schaden zugefügt wird. Ich berichte von unserem Kinderwunsch und von unseren Überlegungen, wie wir unseren Kinderwunsch erfüllen könnten. Davon, dass wir nach langem Hin und Her einen Weg gewählt haben, der so ungewöhnlich gewesen ist, dass wir bislang niemandem davon erzählt haben, auch unseren Eltern und Familienangehörigen nicht, und dass wir nicht vorhaben, ihnen jemals etwas von unseren Entscheidungen mitzuteilen.

Nach meinem langen Bericht ist es Antonia, die sich zuerst fassen kann. Sie schaut mich fast schon feindlich an. „Wir Kinder sind also die von euch gewollten Folgen mehrerer Ehebrüche! Du bist mit Papas Einverständnis fremdgegangen!" Antonias schonungslose Reaktion verletzt mich sehr, mit kommen die Tränen. Mit einer solchen oder ähnlichen Reaktion habe ich aber rechnen müssen, denn das ist die Wahrheit. „Toni, du bist sehr hart zu Mama", wendet Pauline ein. „ich versuche, zu verstehen, wie Mama und Papa sich gefühlt haben, und welche inneren Kämpfe sie haben ausfechten müssen. Papa, um einer solchen Entscheidung zustimmen, Mama, um ein solches Abenteuer und seine Folgen durchstehen zu können. So etwas kann ich mir nur vorstellen, wenn Mama und Papa sich sehr, sehr geliebt haben." Ich schaue dankbar zu Pauline hinüber. Das ist Line, die sanftere von beiden. Doch auch Antonia lenkt ein. „Entschuldige, Mama, bei mir dauert es etwas länger, bis ich begreife, in welcher Lage ihr euch damals befunden habt. Mir ist klar, ich habe kein Recht, euer Verhalten zu verurteilen. Mama, ich will das auch nicht. Ich muss nur begreifen, was das heißt, Papa ist nicht unser leiblicher Vater."

Der letzte Teil unseres Gespräches, bis Robert und Flo zurückkehren, fällt mir erheblich leichter. Beide Mädchen betonen, nie gemerkt zu haben, dass Papa nicht ihr biologischer Vater ist. Im Gegenteil, sie seien von ihm immer so geliebt worden, wie man sich das von einem Vater nur wünschen kann. Auch jetzt könnten sie sich ihren Papa nicht anders als ihren richtigen Vater vorstellen. Bei der Frage, wer ihr biologischer Vater ist, bitte ich darum, nicht jetzt, sondern später darüber zu sprechen. Und natürlich auch Flo gegenüber zu schweigen. „Jetzt verstehe ich, warum uns Mädchen schon früher aufgefallen ist, wie wenig wir in unserem Aussehen Papa ähneln. Und warum Flo so anders ist als wir alle." Kaum hat Line das gesagt, sind Robert und Florian wieder da. Flo verschwindet schnell in seinem Zimmer, Robert gesellt sich zu uns. Er merkt sofort, dass eine Aussprache stattgefunden hat, und hilft bei der gemeinsamen Zubereitung des Abendbrots.

Zur Nacht in unseren Betten nimmt er mich in seine Arme, ich berichte ihm, wie das Gespräch mit unseren Töchtern verlaufen ist. „Sie sind zwar sehr erschrocken gewesen, doch ich glaube, ich habe ihnen von unserem Geheimnis so viel erzählen können, dass sie verstanden haben, was damals passiert ist. Toni hat zwar im ersten Schreck genau das Urteil ausge-sprochen, das wir befürchtet haben: Fremdgehen, Ehebruch. Doch Line, die auf Ausgleich bedachte Line, hat unser Verhalten verteidigt. Toni hat sich danach entschuldigt, sie habe kein Recht darauf, ein Urteil zu fällen. Kurz, bevor du mit Flo wieder zurückgekommen bist, haben mir beide versichert, nie auf die Idee gekommen zu sein, dass du nicht ihr leiblicher Vater bist. Bei der Frage, wer ihr biologischer Vater ist, habe ich geschwiegen und ihnen gesagt, darüber würden wir zu einem späteren Zeitpunkt sprechen." „Paula, ich glaube, du hast es geschafft, den erwachsen gewordenen Zwillingen unser Verhalten, unsere Entscheidungen von damals so zu erklären, dass sie mir nicht aufgelöst und in offener Feindschaft entgegengetreten sind, als ich vorhin nach Hause gekommen bin. Ich danke dir, du bist die großartigste Frau, die ich kenne. Ich kann dir das nicht oft genug sagen. Dass unsere Töchter nach deinen Eröffnungen mir und vermutlich auch dir gegenüber reserviert sein werden, ist völlig normal und verständlich. Wir müssen ihnen noch Zeit geben, dieses Wissen und ihre neue Rolle in unserer Familie zu durchdenken und zu akzeptieren. Sie werden in ihrem Zimmer ebenso wie wir gerade über das, was sie erfahren haben, sprechen." Robert beginnt, mich zu küssen. „Mit einem Unterschied", meint er, „wir können etwas tun, was ihnen noch verwehrt ist." Unsere Küsse werden immer leidenschaftlicher. Diese Nacht ist wieder eine jener Nächte, an die ich mich immer erinnern werde. Weswegen ich einen Mann bei mir haben möchte. Weswegen ich Robert und nur ihn bei mir haben möchte.

Wir durchleben gerade eine aufregende Zeit. Alle haben wir zu tun und kaum eine ruhige Stunde, in der wir nach der Aufklärung unserer Töchter noch weitere Fragen besprechen können. Robert ist zum W2-Professor und Abteilungsleiter ernannt worden, er hat genug damit zu tun, seine Abteilung „in den Griff zu bekommen", wie er sagt. Ich habe mehr Verantwortung in der Hausarztpraxis, man vertraut mir, ich darf bei Hochbetrieb viele Tätigkeiten ausführen, die sonst dem Arzt vorbehalten sind. Unsere Töchter stehen kurz vor ihrem Abitur, sie haben gerade mit den Vorklausuren zu kämpfen. Unseren Sohn bekümmern seine Versetzungszensuren in die Oberstufe gar nicht. In Mathematik und in den Naturwissenschaften glänzt er, alle anderen Fächer interessieren ihn nicht. Was ihn allein interessiert, ist alles, was mit Computern und

Computerwissenschaften zu tun hat. Hier gilt er auch in seinem Gymnasium als ‚crack‘, der gefragt wird, wenn es irgendwo im System hakt. Eigentlich freut es mich, dass er etwas hat, mit dem er glücklich sein kann, in dem er Spitze ist.

Angesichts des Trubels jetzt bin ich froh, die Gelegenheit genutzt zu haben, in den zwei Stunden, als ich mit den Zwillingen allein sein konnte, über unser Familiengeheimnis zu sprechen. Robert und ich hatten vor Jahren beschlossen, unsere Kinder erst dann zu informieren, wenn sie erwachsen sind. Bei unseren Töchtern ist das jetzt geschehen, bei unserem Sohn werde ich noch zwei, drei Jahre warten. Bei einem Treffen mit Freunden haben wir gerade gehört, welche Probleme durch das erste verliebt Sein ihrer Kinder in die Familien gebracht werden können. Ich habe nichts dagegen, wenn auf diesem Gebiet in meiner Familie vorerst Ruhe herrscht. Flo macht sich nach wie vor nichts aus Mädchen. Abends mit Klassen-kameraden und deren Freundinnen ‚herumzuhängen‘, wie er sich ausdrückt, kann ihn nicht interessieren. Bei Toni und Line bin ich mir nicht sicher. Als eng verbundene Zwillinge sind sie sich selbst genug. Sie sind durchaus gern unterwegs und haben öfter über die ungeschickten Annäherungsversuche von Jungen zu lästern. Bislang ist es aber, soweit ich das mitbekommen habe, bei keiner von ihnen zu einer ernsthafteren Freundschaft mit einem Jungen gekommen. Ich denke, das hätte ich erfahren, denn ohne entsprechende Kommentare der Zwil-lingsschwester wäre das nicht abgegangen. Mir ist aber bewusst, dass sich das von heute auf morgen ändern kann. Und zwar gründlich ändern kann, denke ich an meine Zeit als Neunzehnjährige. Sollten sie zu ähnlich tiefen Gefühlen fähig sein, wie ich es damals gewesen bin, dann wird, solange sie noch bei uns leben, einiges auf Robert und mich zukommen. Wenn ich an Sebastian, ihren biologischen Vater, denke, dann könnte es sein, dass die Zwillinge viel von dessen leichterer Art von Gefühlsleben mitbekommen haben. Eigentlich würde ich das für sie wünschen!

Weil das Abitur unserer Zwillinge immer näher rückt, haben Robert und ich uns Gedanken gemacht, wie es nach dem Abitur weitergehen könnte. Wir kennen ihre Wünsche, hatten jedoch mit ihnen jedoch noch kein Gespräch darüber. „Robert, ich glaube, für ihre Zukunft wäre es besser, wenn jede von ihnen einen eigenen Weg geht. Sollten sie wie hier bei uns weiterhin beisammen hocken wollen, werden wir nichts dagegen tun können. Unser Rat aber sollte sein, nach dem Abitur getrennte Wege zu gehen. Denke an die Zeit deines Studiums. Was hättest du getan, hättest du einen Zwillingsbruder gehabt, mit dem zusammen du studiert hast, und du wärst mir begegnet? Du hättest dich entscheiden müssen, entweder Zeit für deinen Bruder oder Zeit für mich zu haben. Denn ich wäre nicht bereit gewesen, das bisschen Zeit für uns, das wir damals hatten, mit einem Bruder zu teilen oder sogar gegen ihn erstreiten zu müssen. Wenn unsere Töchter eine eigene Zukunft finden wollen, müssen sie bereit sein, eigene Wege zu gehen."

Bei diesem Thema meint Robert, gleichgültig, was unsere Töchter nach ihrem Abitur machen werden, wir werden Geld benötigen. Besonders viel, wenn sie beide studieren wollen. Sollte drei Jahre später auch noch Flo dazu stoßen, werden wir noch mehr Geld brauchen. Drei Kinder im Studium, das würde unser Budget für einige Jahre stark belasten. „Robert, ich kann in diesen Jahren wieder auf eine Vollzeitstelle gehen. Für unsere Kinder werde ich alles tun." „Auch dann werden wir eine Zeitlang auf manche Annehmlichkeit verzichten müssen." „In unserem Leben haben wir schon ganz andere Probleme gemeistert, Robert. Für mich wichtig ist, dass du bereit bist, diese Opfer für unsere Kinder zu erbringen. Ich weiß, das ist nicht selbstverständlich für dich." „Es ist selbstverständlich für mich, Paula. Es ist nicht nur deshalb selbstverständlich, weil ich mir eine große Familie gewünscht habe, es ist selbstverständlich, weil ich dich liebe und du unsere Familie zusammenhältst. Du bist die Mutter, die ich mir für unsere Kinder gewünscht habe."

8

Nach den Vorklausuren zu ihrem Abitur können die Zwillinge wieder mehr am Familienleben teilnehmen. Nach einer längeren Pause finden wir uns zu einem Spieleabend zusammen. Mit Sorge sehe ich, wie Robert und die Mädchen sich zwar nicht bewusst aus dem Weg gehen, dennoch spüre ich eine gewisse Spannung, die in der Luft liegt. Die früher sehr zwanglose und immer wieder mit Scherzen versehene Unterhaltung will sich nicht wieder einstellen. Ich erkenne, was nötig ist: ein Gespräch unter uns Vieren, das heißt ohne Florian. Seit unsere Töchter von mir über ihre Herkunft unterrichtet worden sind, hat es zwischen ihnen und Robert noch keine Gelegenheit zu einer Aussprache gegeben. Flo sollte nicht dabei sein, weil ein Gespräch über die Zukunft seiner Schwestern nach ihrem Abitur ihn kaum interessieren dürfte. Wichtiger ist aber, dass er bei einer Aussprache Roberts mit den Mädchen und mir nicht dabei sein darf, solange nicht auch er über seine Herkunft aufgeklärt worden ist. Eine Gelegenheit zu diesem Vierergespräch zu finden, ist gar nicht so einfach. Am einfachsten ist es, einen jener Abende zu nutzen, an denen er in seinem Zimmer verschwunden und mit seinen Computern beschäftigt ist. Das Risiko, dass er mitten in unserer Aussprache auftauchen könnte, müssen wir eingehen.

„Antonia und Pauline", eröffnet Robert das Gespräch an einem solchen Abend, „wir sitzen hier ohne Flo zusammen, weil eure Mama und ich mit euch über zwei wichtige Dinge, die euch betreffen, sprechen möchten. Einmal darüber, was ihr nach eurem Abitur gern machen wollt. Dann über das, was Mama euch neulich über eure Herkunft gesagt hat. Mir wäre es lieb, das Thema: was wird nach dem Abitur erst mal nach hinten zu schieben. Vorher würden wir gern über das sprechen, was ihr von dem haltet, was ihr von Mama erfahren habt. Ihr habt in den letzten Tagen bestimmt untereinander darüber sprechen können und euch eine Meinung gebildet. Ihr seid jetzt neunzehn Jahre alt und damit volljährig. Ihr müsst euch von uns Eltern nichts mehr sagen lassen. Wenn ihr das wünscht, sprechen wir nicht jetzt, sondern vielleicht später über unsere Familiengeschichte. Ihr könnt das Gespräch aber auch jederzeit abbrechen, wenn ihr das für richtig halten solltet. Gleichgültig, wie ihr euch entscheidet, wir Eltern sind früher für euch da gewesen und werden in jedem Fall auch in Zukunft für euch da sein. Das solltet ihr wissen." Wie Robert mir anschließend mitteilt, will er mit dieser Einleitung und einer nachfolgenden Pause erreichen, dass die Mädchen sich klar darüber werden, dass es jetzt ernst wird. Sie werden nicht unruhig. Sie bleiben sitzen, schweigen und schauen ihn aufmerksam an.

„Als Mama euch über eure Herkunft informiert hat und euch erklärt hat, wie es zu einem Geheimnis in unserer Familie gekommen ist, von dem wir bisher mit niemandem gesprochen haben, bin ich aus guten Gründen nicht dabei gewesen. Ich bin nicht dabei gewesen, weil ich der Meinung war, besser als eure Mama kann euch niemand sonst erklären, was vor vielen Jahren geschehen ist. Hauptsächlich bin ich aber deshalb nicht dabei gewesen, weil ich euch Zeit lassen und Gelegenheit geben wollte, diese euch erschreckende Geschichte zunächst untereinander und zusammen mit eurer leiblichen Mutter aufnehmen und besprechen zu können, und nicht mit einem

Mann, der nicht euer leiblicher Vater ist." Robert macht wieder eine Pause. „Du bist doch unser Papa", reagiert Line mit Tränen in den Augen. „Line, ich fühle mich als euer Papa und möchte es bleiben, wenn ihr das wollt. Ich kann aber verstehen, wenn ihr euch anders entschließt, wenn ihr nach eurem biologischen Vater suchen wollt. Denn die Umstände eurer Herkunft, die Mama euch geschildert hat, sind in den Augen der allermeisten Menschen und sicher auch in euren Augen solche Umstände, von denen ihr am liebsten nichts hören möchtet, über die ihr nicht sprechen wollt, die in eurer Welt noch gar nicht vorstellbar sind."

In der Pause, die wieder entsteht, sehe ich, wie Antonia etwas sagen will. Doch bevor sie dazu kommen kann, ist Flo in unser Gespräch geplatzt. „Papa, ich habe es geschafft, der Code für die App ist programmiert, er funktioniert!" Robert reagiert gut, freut sich mit Flo und vertröstet ihn auf später. „Ich komme vor dem Schlafengehen noch zu dir. Jetzt möchten Mama und ich mit deinen Schwestern über das sprechen, was sie nach dem Abitur machen wollen." Mit einem ‚okay' verschwindet Flo wieder in seinem Zimmer. Ich erinnere Robert daran, dass Toni gerade etwas sagen wollte.

„Papa, die Umstände, von denen du eben gesprochen hast, sind doch die, die Mama uns als Fremdgehen und Ehebruch beschrieben hat. Die sind doch Mamas Sache und nicht deine." „So sehen das alle Menschen, die wie ihr nicht wissen, welche

Gründe es für das Verhalten eurer Mama gegeben hat. Ich möchte nicht lange drum herum reden: ich bin hier nicht der Leidtragende, sondern die Ursache. Ich bin schuld an Mamas Verhalten. Ihr solltet wissen, eure Mama ist der liebenswerteste Mensch und die großartigste Frau, die ich kenne. Eure Mama wäre nie auf die Idee gekommen, mit fremden Männern zu schlafen, wenn die Natur mich nicht mit einem Mangel ausgestattet hätte. Obwohl ich ihr keine Kinder schenken kann, hat sie sich dafür entschieden, bei mir zu bleiben. Das ist ihr bestimmt nicht leicht gefallen. Ich komme, wie ihr wisst, aus einer wunderbaren und kinderreichen Familie. Mein Lebenstraum ist es gewesen, eine ähnliche Familie zu gründen. Als eure Mama meine Familie kennen und lieben gelernt hat, ist auch sie bereit gewesen, eine Familie zu gründen. Wir hätten Kinder annehmen können. Doch weil eure Mama eigene Kinder haben konnte und auch wollte, haben wir vor einem Problem gestanden. Wir haben es uns nicht einfach gemacht; ich denke, Mama hat euch berichtet, warum. Ich bin aber nicht nur die Ursache für das Verhalten eurer Mama, ich habe ihr zudem noch zugeredet, sich so zu verhalten. Ich weiß, schon der Ehebruch ist etwas, was für euch nur schwer vorstellbar ist und ihr deshalb zu Recht abgelehnt. Fast noch schlimmer für euch muss sein, dass euer Papa ein Mann ist, der damit einverstanden gewesen ist."

In der Pause, die jetzt entsteht, gehe ich zu Robert hinüber, lehne mich an ihn und ergreife seine Hand. Ich bin ihm so dankbar für die Worte, die er gefunden hat. Ich spüre, wie er sich entspannen kann, wie erleichtert er ist, den erwachsen gewordenen Mädchen seine Vergangenheit zu gestehen. „Ihr habt schon Eltern", hat er mit einem schüchternen Lächeln zu seinen Töchtern gesagt, „schlimmer geht's nimmer! Bestimmt werdet ihr noch etliches wissen wollen. Für heute, denke ich, werdet ihr genug haben von diesem Thema. Was ihr nach eurem Abitur machen wollt, darüber reden wir später. Zum Nachdenken habt ihr genug gehört. Ich wünsche euch eine gute Nacht, ich gehe jetzt noch zu Flo."

Während Robert bei Flo ist, kann ich hören, wie die Zwillinge in ihrem Zimmer diskutieren, was sie von ihm erfahren haben. Was sie im Einzelnen besprechen, kann ich nicht verstehen, doch es geht ziemlich lebhaft zu. Was sie wohl beschließen werden? Sie sind erwachsen und werden selbst entscheiden, wie sie mit dem Geheimnis ihrer Herkunft und dem Verhalten ihrer Eltern umgehen. Ich stelle mir vor, was ich gedacht, wofür ich mich entschieden hätte, wäre ich damals, als ich neunzehn Jahre alt war, mit einem ähnlichen Problem meiner Eltern konfrontiert worden. Ich glaube, ich hätte kein Verständnis gehabt, ich glaube, ich hätte den Gefühlsfaden durchschnitten und wäre ausgezogen. Doch meine Situation damals und die meiner Töchter jetzt sind nicht zu vergleichen: ich bin schon in einer Berufsausbildung gewesen und habe eigenes Geld gehabt. Sie dagegen werden noch einige Jahre von uns Eltern abhängig sein, wenn sie studieren oder eine Ausbildung antreten wollen. Ich kann nur hoffen, dass sie nicht meine starken und zu Konsequenzen neigenden Gefühle geerbt haben, sondern eher mit der Leichtigkeit ihres biologischen Vaters ausgestattet sind.

Später, als Robert und ich in unseren Betten liegen, fragt er mich, ob er etwas vergessen hat. „Die Mädchen haben nicht wissen wollen, wer ihr biologischer Vater ist. Das habe ich ihnen auch von mir aus nicht mitgeteilt, das wollte ich erst tun, wenn du damit einverstanden bist." „Robert, ich glaube, damit sollten wir auch noch warten. Unsere Töchter stehen nicht nur vor ihren Abiturprüfungen, sie befinden sich zudem noch in einem schlimmen Gefühlschaos, aus dem sie sich erst wieder herausarbeiten müssen. Sie mit der Kenntnis ihres leiblichen Vaters zu konfrontieren, würde sie zusätzlich belasten." „Was meinst du, Paula, sollten wir in dieser Sache sowieso erst abwarten, ob sie überhaupt wissen wollen, wer ihr biologischer Vater ist? Vielleicht ist es gar nicht nötig, ihnen von uns aus seinen Namen mitzuteilen und das, was wir von ihm wissen."

In den folgenden Tagen achte ich auf das Verhalten der Zwillinge. Meine Befürchtung, sie könnten nach der Offenlegung unseres Familiengeheimnisses beschließen, den bisher so herzlichen Kontakt zu uns Eltern als beendet zu erklären, scheint grundlos zu sein. Die Erwartung jedoch, dass alles im Wesentlichen unverändert bleiben kann, haben wir natürlich nicht. Irgendwelche Anzeichen einer Ablehnung oder gar offenen Feindschaft uns Eltern gegenüber sind nicht zu erkennen. Anzeichen eines mehr oder weniger reservierten Verhaltens schon; eher eine gewisse Empörung bei Antonia, eher Verständnis und Mitgefühl bei Pauline. Es wäre ja auch ein Wunder, wenn dieser Einschlag in ihr Gefühlsleben spurlos an ihnen vorübergehen würde. Sie werden noch Zeit benötigen, ihre Gefühle uns gegenüber neu zu ordnen; diese Zeit werden wir ihnen geben – nicht nur wegen ihrer bevorstehenden Prüfungen. Sie werden nach einigen Wochen sicher noch Fragen an uns Eltern haben, vorwiegend wohl an mich als ihre leibliche Mutter. Sie werden von mir wissen wollen, welche Bedeutung die Liebe zu einem anderen Menschen auf eigene Lebensentscheidungen hat. Zur Frage, was sie nach ihrem Abitur machen wollen, stimme ich Robert zu: das Gespräch über diese Zukunft verschieben wir auf einen späteren Zeitpunkt, vielleicht sogar erst dann, wenn sie ihr Abitur in der Tasche haben.

9

Bei dem ganzen seit mehr als zwanzig Jahren währenden Theater um Unfruchtbarkeit, Kinderwunsch, dessen Erfüllung und Aufklärung unserer Töchter ist eine Frage immer mehr in den Hintergrund verdrängt worden: Wie steht es mit der Beziehung zwischen uns beiden, zwischen Robert und mir? Sind

wir wegen unseres Familiengeheimnisses, das wir mit niemandem außer mit unseren erwachsenen Kindern teilen werden,
‚auf Gedeih und Verderb‘, wie man sagt, aufeinander
angewiesen? Ist dieses Geheimnis die entscheidende Klammer,
die uns zusammenhält? So, wie ich über das denke, was ich als
Beziehung empfinde, wird das nicht reichen. Selbst eine solche
gesellschaftliche Klammer wie die Institution Ehe wird nicht
funktionieren, sollte ich bei dem, was ich unter Liebe, unter
sexueller Übereinstimmung, Befriedigung und unter Vertrauen
verstehe, Kompromisse eingehen oder sogar zum Verzicht
bereit sein müssen. Vertrauen! Wie viel hat jenes Vertrauen
gelitten, mit dem wir beide unsere Beziehung in den ersten
Jahren gestaltet haben? Keine Frage, das frühere Vertrauen ist
durch das, was geschehen ist, durch die Entscheidungen, die
wir haben treffen müssen, zwar nicht verschwunden, hat aber
eine andere Gestalt angenommen. Jenes in unseren ersten
Jahren gewachsene herrlich unbekümmerte Spiel mit unseren
Wünschen, unserem sexuellen Vergnügen, unserer Lust an der
Nähe des Anderen, mit dem, was ich als praktizierte Liebe
empfinde: Was ist daraus geworden?

Nachdem Robert und ich uns über meine Seitensprünge und
seinen Anteil daran ausgesprochen hatten, hat die Frage:
bleiben wir überhaupt zusammen oder nicht, auch der Kinder
wegen keine Rolle mehr gespielt. Jetzt, wo der Zeitpunkt naht,
an dem unsere Kinder das Elternhaus verlassen, stellt sich diese
Frage erneut. Ich denke aber, wir wollen und werden zu-

sammenbleiben. So, wie Robert sich verhält, hat er das, was geschehen ist, vom Verstand her akzeptiert. Seine Ausbildung als Naturwissenschaftler dürfte es ihm leichter gemacht haben, Wunsch und Wirklichkeit voneinander zu trennen. Ob das auch für sein Herz zutrifft, ist die wichtige Frage, auf die ich mir eine Antwort wünsche. Ist er noch fähig, beim intimen Zusammensein mit mir dasselbe wie früher fühlen zu können? Von mir bin überzeugt, dass ich das kann. Ich fühle mich absolut sicher: Die Seitensprünge haben keine tieferen Spuren in meinem Gefühlsleben hinterlassen und werden es auch nicht tun, wenn Robert weiterhin bei mir bleibt. Habe ich dieselbe Sicherheit auch bei ihm? Ich weiß es nicht. Habe ich eine Idee, wie das herausfinden kann?

Welche Art eines besonderen Vertrauensbeweises habe ich noch in Erinnerung, mit dem ich jetzt testen könnte, welche Spuren meine Seitensprünge in seinem Gefühlsleben hinterlassen haben? Ich weiß, auch noch so gut gemeinte Lippenbekenntnisse werden mir nicht reichen. Für mich gibt es nur einen überzeugenden Vertrauensbeweis: sein Verhalten in einer unserer intimsten Begegnungen. Es ist eine Begegnung, die es seit meinen Seitensprüngen vor vielen Jahren nicht mehr gegeben hat. Es ist eine Begegnung, an der wir beide unglaublich viel Freude gehabt haben, nachdem wir uns gut genug kennen gelernt hatten. Es ist eine Begegnung, wie ich sie mir nicht intimer vorstellen kann. Wann war das erste Mal, als wir uns so begegnet sind? Es war eine jener vier Nächte, die Robert und ich damals miteinander verbracht haben, als er mich 'zwischen den Jahren' von seinem Elternhaus kommend bei meinen Eltern besucht hat. Wir waren jung und begierig, unsere Körper und seine Bedürfnisse zu erforschen. Das Neuland, das wir betreten hatten, die Entdeckung unserer Wünsche und ihrer Befriedigung sind Erfahrungen gewesen, die uns ein neues gegenseitiges Vertrauen geschaffen und uns fest aneinander gebunden haben.

Ich hatte gemerkt, dass es ihm sehr gefallen hat, als ich sein Glied geküsst und in den Mund genommen habe. Es hat nicht lange gedauert, dann hat das auch mir Spaß bereitet. Als ich gemerkt habe, dass ihn das erregt, habe ich ihn so dirigiert, dass er dabei auf meinem Gesicht gelegen hat. Und habe ihn aufgefordert, sich auf mir zu bewegen. Das habe ich ganz spontan tun müssen; es war einfach so über mich gekommen. Je erregter er geworden ist, desto fester habe ich ihn über mir umfasst und ihn zu heftigen Bewegungen veranlasst, bis zu seinem Orgasmus, zu seinem Orgasmus in meinem Mund. „Paula, du bist ein unglaubliches Mädchen. Ich hätte nie gedacht, dass es so etwas gibt!" hat er damals gesagt und mir danach ebenfalls einen Höhepunkt mit seiner Zunge beschert.

Neben vielen anderen Spielarten intimer Erotik haben wir besonders diese Form des intimen Beisammenseins gepflegt und weiterentwickelt, weil wir dabei unsere Gefühle füreinander und das Vertrauen zueinander am tiefsten empfunden haben. Bis zur Diagnose seiner Unfruchtbarkeit. Danach ist es nur noch zu ganz wenigen Begegnungen dieser Art, nach meinen Seitensprüngen zu einem Stillstand dieser Intimitäten gekommen. Ich weiß nicht, ob ihm dieser Stillstand in den letzten zwanzig Jahren bewusst geworden oder ob er ihm als natürliche Folge dieser Ereignisse erschienen ist. Jetzt, wo unsere Töchter über unser Geheimnis informiert sind, wo sich gewissermaßen eine Tür aus der Kammer unserer Einsamkeit öffnet, ist mir bewusst, wie sehr ich diese Form des Verständnisses und des Vertrauens vermisse. Ich frage mich, wie das geht: Robert zu lieben und zugleich auf jene Art von intimem Beisammensein zu verzichten, jene Art, die ich einmal als lebensnotwendig für mich empfunden habe!

Seit den umwälzenden Ereignissen meiner Seitensprünge und der Geburt von Kindern, die nicht seine Kinder sind, ist viel Zeit vergangen. Seitdem hat Robert sich so verhalten, dass ich keinen Zweifel mehr daran habe, er könne mich nicht mehr lieben. Ich bin auch überzeigt davon, dass er unsere Beziehung, unsere Ehe keineswegs aus opportunen oder ähnlichen Gründen am Leben hält. So, wie er ‚meine' Kinder angenommen hat, so, wie er mit mir und meinen Gefühlen umgeht, habe ich keinen Grund, mich zu beklagen. Doch dieses tiefe Vertrauen und das absolute Verständnis von früher, das uns in unserer Beziehung so viel Freude an unseren Körpern bereitet hat, das vermisse ich. Nicht allein deshalb, weil ich es so erregend schön finde. Vor allem deshalb, weil ich es brauche, weil ich nicht darauf verzichten kann. Ich glaube, Robert weiß das. Aber als nach wie vor feiner und zurückhaltender Mensch nimmt er vielleicht an, dass ich nach den Ereignissen um seine Unfruchtbarkeit, nach meinen Seiten- sprüngen, nach der Geburt und der Aufzucht dreier Kinder, die nicht seine Kinder sind, und mit dem Bewahren eines Familiengeheimnisses an derartigen Intimitäten nicht mehr interessiert bin. Und ich habe in all den Jahren auf sie verzichtet, weil ich nicht gewusst habe, ob er sich ein derart intimes Verhalten von mir, von einer Frau, die ihren Körper einmal anderen Männern zur Verfügung gestellt hat, überhaupt noch vorstellen kann. Ich habe mich nicht deshalb zurück- gehalten, weil mir der Mut zum Handeln gefehlt hat. Nein, ich hätte mich geschämt, wenn ich bei solch tiefer Intimität seine Abneigung zu spüren bekommen hätte. Deshalb habe ich so viele Jahre auf ihn gewartet. Jetzt, nach dieser Aussprache mit unseren Töchtern, kann und will ich diese Ungewissheit nicht länger aushalten! Wenn sich die Gelegenheit ergeben sollte, werde ich handeln.

Ich sehe, wie nachdenklich es ihn macht, mit der Reserviertheit der Zwillinge leben zu müssen. Er bestätigt mir jeden Tag: für ihn sind es nach wie vor seine Töchter. Er will sie unverändert lieben. Doch er weiß, für sie ist er plötzlich ein anderer, ein fremder Vater. „Ich kann mir gar nicht vorstellen", sagt er mir, „was in den Seelen der beiden gerade passiert. Ob sie das, was sie erfahren haben, womöglich als Zusammenbruch ihrer bisherigen Familie empfinden. Ich weiß auch nicht, was ich tun könnte, um ihnen zu helfen". „Robert, ich glaube, das Beste ist, so normal wie möglich weiter zu leben. Die Zeit heilt zwar nicht alles, aber mehr, als man zunächst denkt." So meine Antwort. „Im Übrigen geht es mir nicht besser. Ich bin zwar ihre leibliche Mutter, doch ich habe etwas getan, was sie sich für sich selbst niemals vorstellen können, und was sie bei jeder anderen Frau verurteilen würden. Auch ich weiß nicht, wie ich ihnen aus diesem Zwiespalt ihrer Gefühle heraushelfen kann." Am Abend, als wir nebeneinander liegen und dieses kurze Nachgespräch führen, denke ich, da haben sich zwei gefunden. Als ich mich an ihn kuscheln will, nimmt er mich sofort in seine Arme. Beide spüren wir, dass wir uns nach der Aufklärung unserer Töchter brauchen, dass wir zusammengehören und dass unsere Beziehung immer noch sehr eng ist. Ich fühle es: jetzt ist der Augenblick des Handelns gekommen.

Ich beginne, ihn nicht nur zu küssen, sondern auch zu streicheln. Er reagiert so, als wäre er erleichtert. Unsere Küsse werden leidenschaftlicher, unser Streicheln wird fordernder. Wir haben nur uns und unsere Vergangenheit, wir können nicht anders als uns zu vertrauen, so denke ich. Ich spüre, seine Gefühle sind ähnlich wie die meinen. Nicht nur ich bin es, auch er ist bereit, unser früheres Vertrauen, unsere alte Liebe und das zugehörige unbedingte und rückhaltlose Begehren, die Freude an unseren intimsten Begegnungen wieder zuzulassen. Seit langer Zeit bin ich nicht mehr so glücklich wie jetzt! Ich weiß, die Erinnerungen an all das Geschehene werden wir nie aus unserem Gedächtnis tilgen können. Daran werden uns allein schon unsere drei Kinder immer wieder erinnern. Wir können aber lernen, diese Erinnerungen aus jenem Teil unserer Beziehung herauszuhalten, in dem wir uns unsere Gefühle zeigen. Wir werden lernen, uns beide neben allen Problemen, die das Alltags- und Familienleben mit sich bringt, auch als zwei Menschen zu sehen, die sich vertrauen, die sich lieben, die sich begehren, die sich glücklich machen wollen.

10

Zwei Monate vor den Versetzungszeugnissen werde ich von der Klassenlehrerin unseres Sohnes Florian angerufen. Sie bittet uns Eltern um eine Unterredung. Robert sagt, zu der angegebenen Vormittagszeit hat er eine Vorlesung, er kann nicht mitkommen. Da ich schon seit Jahren in Teilzeit arbeite, kann ich mich freimachen und eine Kollegin bitten, für mich einzuspringen, sollte es in der Praxis eng werden. „Es geht nicht um eine Gefährdung seiner Versetzung", beginnt die Lehrerin das Gespräch. „Die Zensuren in Flo's Lieblingsfächern, der Mathematik und den Naturwissenschaften, seien überragend. Bei den anderen Fächern gibt es zwar hier und da Probleme, doch die wären nicht so ernst, den anstehenden Übergang in die Oberstufe zu verhindern. Ich habe Sie um ein Gespräch gebeten, weil es um etwas Anderes geht. Es geht um Florian als Person, als Mensch. Es kommt vor, dass er bei seinen Klassenkameraden und auch bei manchen Lehrkräften einen schweren Stand hat. Berichtet er zuhause darüber?" Jetzt kommt wohl sein manchmal schwieriges Verhalten zur Sprache! „Nein", antworte ich, „er berichtet nicht viel. Wenn wir Eltern nachfragen, sagt er, alles sei okay. Ist er denn auffällig?" „Sie benutzen einen Begriff, der mir für das, was ich im Zusammenhang mit Flo's Verhalten ansprechen möchte, zu hart erscheint. Ich würde sein Verhalten zwischen leicht narzisstisch und häufig introvertiert schwankend bezeichnen. In seinem Interessengebiet, der Computerei, neigt er zu Höchstleistungen. Dort bereitet ihm die Arbeit sichtbar Freude, dort setzt er sich auch für Belange seiner Klassenkameraden und für die Schule ein. Ansonsten kommt es aber vor, dass er sich anderen gegenüber überlegen oder dort, wo er kein Interesse empfindet, abweisend zeigt. Ich habe davon gehört, wie er als jemand bezeichnet worden ist, der anders sei, der keine Freunde hätte, der nicht so recht in die Gruppe passen würde. Ich hoffe, ich erschrecke Sie jetzt nicht, wenn ich Sie frage, ob er schon einmal in psychotherapeutischer Behandlung war oder vielleicht gerade ist."

Ich bekomme einen Schreck. Die Probleme mit Flo scheinen größer zu sein, als wir das zuhause bislang bemerkt haben. „Nein", antworte ich seiner Klassenlehrerin. „Ist sein Verhalten denn so auffällig, dass wir aus Ihrer Sicht einen Psychotherapeuten konsultieren sollten?" „Nein, das nicht. Ich spreche Sie als Mutter an, weil ich glaube, Ihr Sohn ist ein Einzelkämpfer. Bis jetzt ist er mit seiner Art durch die Klassengemeinschaft aufgefangen worden. Das wird sich mit dem Übergang in die Oberstufe ändern. Dort existiert die Klasse als Gemeinschaft nicht mehr, dort wird er sich in Kursen mit wechselnder Zusammensetzung seiner Mitschüler allein behaupten müssen." „Was raten Sie uns Eltern?" „Ich bin Pädagogin, keine Therapeutin, deshalb kann ich Ihnen keine verlässliche Auskunft geben. Es wäre für Ihren Sohn aber gut, wenn Sie als Eltern verstärkt auf ihn achten würden. Ich sage das, weil wir Lehrer die Beobachtung machen, dass viele Eltern glauben, mit dem Übergang ihres Kindes in die gymnasiale Oberstufe gäbe es keine Probleme mehr; ihr Kind sei jetzt erwachsen oder fast erwachsen, könne sich allein behaupten und würde wissen, was es zu tun hat. Mir ist bewusst, im Gegensatz zu manchen anderen Eltern renne ich bei Ihnen und Ihrem Mann offene Türen ein. Haben Sie bitte Verständnis, wenn ich meine, im Fall von Flo den Rat zu geben, ihn weiterhin an der Hand zu nehmen, damit er sich nicht zu sehr absondert."

Am Abend, als die Kinder in ihren Zimmern sind, die Zwillinge für die anstehenden Abiklausuren lernen und Florian an seiner Computeranlage sitzt, kann ich Robert von diesem Gespräch berichten. „Flo's Klassenlehrerin hat nicht den Eindruck vermittelt, als ob es einen akuten Therapiebedarf für ihn gibt, Robert. Sie hat aber darauf hingewiesen, dass uns Eltern bewusst sein muss, ihn ‚weiterhin an der Hand zu halten', wie sie sich ausgedrückt hat." Wir sprechen noch eine Weile über das Besondere an Flo's Verhalten und nehmen uns vor, ihn wieder fester in unser Familienleben einzubinden, nicht zuzulassen, dass er sich weiter aus seinem sozialen Umfeld entfernt. „Ich glaube, ich habe einen ganz guten Draht zu ihm", sagt Robert. „Ich werde versuchen, mit ihm über seine Ansichten zum künftigen Zusammenleben in unserer Familie und in der Schulgemeinschaft zu sprechen. Was ich allerdings sagen werde, wenn er danach fragt, warum er sich anders verhält als seine Eltern, seine Schwestern, seine Mitschüler, das weiß ich nicht. An unsere Übereinkunft, ihn vorläufig noch nicht über seine Herkunft aufzuklären, werde ich mich jedoch halten."

In der Nacht kann ich gar nicht gut einschlafen. Da ist es wieder, das Geheimnis unserer Familie! Florian ist nicht dumm, er merkt, dass er zwar viele seiner intellektuellen Fähigkeiten mit seinem Vater gemeinsam hat, dass er aber keine der ausgesprochen sozialen Eigenschaften seines Vaters mitbekommen hat, von einer Ähnlichkeit im Aussehen einmal ganz zu schweigen. Und wie ist das bei mir? Auf der einen Seite bin ich stolz auf seine Fähigkeiten im Umgang mit seinen Rechnern. Auf der anderen Seite mache ich mir aber große Sorgen um sein Sozialverhalten; in unserem Alltag kann ich vieles ausgleichen, doch was außerhalb der Familie geschieht, habe ich heute erfahren. Mit seinen Schwestern versteht er sich nicht sonderlich; gegen ihre geballte Kritik an seinem Verhalten kann er sich häufig nur durch den Rückzug in sein Zimmer wehren.

Die Mädchen halten sich aber Gott sei Dank daran, ihm nichts von unserem Familiengeheimnis zu verraten. Sie haben mit ihren unmittelbar bevorstehenden Prüfungen auch ganz andere Sorgen. Der aktuell Plan ihrer Zukunft sieht so aus: Nach ihrem Abitur werden sie, so haben sie sich zuletzt geäußert, entweder eine Lehre beginnen oder für ein Jahr als Au-Pair-Mädchen ins Ausland gehen oder studieren. Eine genauere Angabe ihrer nächsten Ziele werden sie uns mitteilen, wenn sie das Abitur in der Tasche haben. Ihr Verhalten uns Eltern gegenüber ist reserviert, sie werden noch Zeit benötigen, die Aufdeckung ihrer Herkunft nicht nur zur Kenntnis zu nehmen, sondern auch eine Richtung ihrer künftigen Beziehung zu Robert und mir finden.

Das Gespräch mit Flo's Klassenlehrerin richtet meine Aufmerksamkeit, die zuletzt den Zwillingen und der Mitteilung ihre Herkunft gegolten hat, wieder auf ihn. Er verhält sich manchmal seltsam, das stimmt. Doch liegt das schon außerhalb des sogenannten Normalen? Als examinierte Arzthelferin mit Berufspraxis kann ich mich nicht auf Ahnungslosigkeit zurückziehen. Flo's Verhalten kann nur durch seinen biologischen Vater in meine Familie gelangt sein; von irgendeinem vergleichbaren Verhalten eines Mitglieds meiner Familie ist mir nichts bekannt. Was weiß ich von seinem leiblichen Vater? Als ich ihn seinerzeit ausgesucht habe, ist mir zwar aufgefallen, dass er in einer gerade noch sympathischen Weise von seiner Großartigkeit überzeugt war, dahinter aber ein schwaches Selbstwertgefühl zu erkennen gewesen ist. Eine Frau bemerkt so etwas. Ich habe dem aber keine weitere Bedeutung zugemessen, ich war froh, bei passender Gelegenheit einen passenden Erzeuger gefunden zu haben. Später nach der Herkunft des leicht narzisstischen Verhaltens bei Florian zu suchen, ist natürlich nicht in Frage gekommen; dem Erzeuger gegenüber hätte meine Schwangerschaft nicht geheim bleiben können. Mit Robert habe ich nie über diesen Sachverhalt gesprochen und werde das auch in Zukunft nicht tun. Er hat nichts damit zu schaffen, muss aber mit den Folgen leben. So vertrauensvoll, wie wir wieder miteinander umgehen: dieses Geheimnis wird immer zwischen uns stehen.

Angesichts der beiden Ereignisse: Aufklärung unserer Zwillinge über ihre Herkunft und von außen herangetragenes Bewusst-machen der Probleme unseres Sohnes frage ich mich, ob der Weg, den ich damals vor zwanzig Jahren mit Roberts Billigung eingeschlagen habe, der Richtige gewesen ist. Hätte ich mich für diesen Weg entschieden, wenn ich gewusst hätte, was auf uns zukommen wird? Das ist schwer zu sagen! Damals ist unser Wunsch nach Kindern, nach einer großen Familie übermächtig gewesen. Wie unser Leben ausgesehen hätte, was aus unserer Beziehung geworden wäre, hätten wir uns für die Kinderlosigkeit entschieden, kann ich mir nicht vorstellen. Ich war damals erst vierundzwanzig Jahre alt und hätte ein Leben mit einer Kinderschar vor mir haben können – hätte ich mich von Robert getrennt. Doch das ist niemals in Frage gekommen, Dazu bin ich nie bereit gewesen. Wir haben uns damals geliebt, wir lieben uns heute noch ebenso.

Ich frage mich, ob ich mich glücklich fühle. Mit Robert? Ja! Jetzt, nachdem wir wieder zu jener tiefen Beziehung zurückgefunden haben, die die Anfangszeit unserer Liebe bestimmt hat, fühle ich mich restlos glücklich. Mit unseren Kindern? Nicht kinderlos geblieben zu sein, das erfüllt mich sicher mit Glück. Auf welche Weise wir Kinder bekommen haben, das kann mich nicht glücklich sein lassen. Wie unsere Kinder geraten sind? Unsere Töchter machen uns Freude. Unser Sohn macht uns Sorgen. Wie die Seelen unserer Kinder die Kenntnis ihrer Herkunft verkraften werden, wie sie uns Eltern einmal sehen werden, welche Art von Beziehung sie zu uns haben werden, wissen wir noch nicht. In etwa fünf Jahren werden alle Kinder aus dem Haus sein und, abgesehen von einer finanziellen Unterstützung durch uns, ihre eigenen Wege gehen. Dann werden wir Eltern um die fünfzig Jahre alt sein, noch ein langer gemeinsamer Lebensabschnitt wird sich vor uns befinden, den wir allein zu gehen haben. Das wird ein Lebensabschnitt sein, der nicht frei von Sorgen ist, den ich aber so gestalten möchte, dass Robert mit mir und ich mit ihm glücklich sein werde. Mit diesem Gedanken kann ich endlich einschlafen.

11

Unsere Zwillinge haben ihr Abitur hinter sich. Mit ihren Beurteilungen sind sie zufrieden. Zu ihrer Entlassungsfeier und Entgegennahme ihrer Zeugnisse am späten Vormittag ist die ganze Familie, auch ihr Bruder Flo, anwesend. Bei der Abiturparty am Abend muss es hoch hergegangen sein, denn sie kommen erst weit nach Mitternacht in einer sehr fröhlichen Stimmung nach Hause. Dem lautstarken und erregten Austausch in ihrem Zimmer entnehme ich, dass die Party wohl ein voller Erfolg gewesen ist. Eine unserer Töchter hat offenbar mit einem Abiturienten angebandelt, worüber die andere einige neckisch gemeinte Bemerkungen herauslassen muss. Robert und ich hören das mit Freude. Mit dem Abitur ist es uns Eltern gelungen, den ersten Lebensabschnitt unserer Töchter zu einem glücklichen Ende zu bringen.

Nachdem wir endlich ins Bett gekommen sind, frage ich Robert: „Flo ist bei der Entlassungsfeier seiner Schwestern nicht nur dabei gewesen, er hat sich sogar mit ihnen gefreut und ihnen herzlich gratuliert. Robert, wie kommt das?" „Ich habe kürzlich jenes Gespräch mit ihm gehabt, von dem wir nach deinem Bericht von der Unterredung mit seiner Klassenlehrerin gesprochen haben. Ich glaube, es ist mir gelungen, ihm das Problematische seines Verhaltens nahe zu bringen. Er ist nicht dumm, im Gegenteil, ich bin überzeugt, er ist intelligent, er hat ja schon bewiesen, sich in jenen Lebensbereichen, die ihn interessieren, voll einsetzen und erfolgreich sein zu können. Er hat sich bereit erklärt, in Familie und Schule auch dann an seine soziale Aufgabe zu denken, wenn er wenig oder gar kein Interesse verspürt. Heute Vormittag, bei der Entlassungsfeier unserer Töchter, hat er gezeigt, dass er verstanden hat. Ich glaube, auch unsere Töchter sind überrascht gewesen, dass ihr ansonsten mürrischer Bruder sie in seine Arme genommen und sie zu ihrem Erfolg beglückwünscht hat." „Hat er denn bei eurem Gespräch irgendwelche Fragen zum Grund seines anders Seins gestellt?" „Nein, unsere Töchter haben offenbar dichtgehalten. Flo hat sich auf meine Anmerkungen zu seinem Verhalten konzentriert und keine weiteren Fragen gestellt. Ich denke aber, seine Fragen werden eines Tages kommen."

Nach einem Spieleabend, der nach längerer Pause wieder einmal stattgefunden hat, an dem auch Flo mehr Interesse gezeigt hat, nutzen Robert, die Zwillinge und ich einen Abend, an dem Flo in seinem Zimmer mit seinen Rechnern gut beschäftigt ist. Es geht um die Zukunft der Zwillinge nach ihrem Abitur, darum, welche weitere Ausbildung sie sich wünschen, und darum, wie sie nach der Eröffnung ihrer Herkunft ihre Rolle in unserer Familie sehen. Toni, die Ernstere der beiden, ergreift zuerst das Wort. „Liebe Mama, lieber Papa, ihr könnt euch denken, dass das, was ihr über unsere Herkunft mitgeteilt habt, uns schwer beschäftigt hat. Line und ich haben viel darüber gesprochen. Ob und inwieweit wir euch verurteilen wollen und können; welches Verständnis wir für euch aufbringen können; welche Folgen das für unsere eigene Zukunft haben wird. Alle drei Fragen hängen eng zusammen, denn ohne eine Aussprache über das Verhältnis, das zwischen uns sein wird, wissen wir nicht, welche Zukunft auf uns wartet." „Wir haben uns gedacht, jetzt so ehrlich wie möglich zu sein und mit unserer Meinung nicht hinter dem Berg zu halten", meint Line. „ich nenne jetzt unsere erste Meinung. Ihr könnt euch denken, dass wir jenen Aspekt eures Verhaltens, der mit der Verabredung zum Ehebruch und zu dessen Stattfinden zu tun hat, zutiefst missbilligen. Missbilligen deshalb, weil so etwas nicht in unsere Gefühlswelt passt, und weil wir uns so etwas nicht vorstellen können, schon gar nicht von Menschen, die unsere Eltern sind. Ihr hättet euch nicht wundern dürfen, hätten wir uns entschlossen, nach dem Abitur unser Elternhaus zu verlassen und fern von euch unser eigenes Leben zu beginnen."

Rumms! Das hat gesessen! Das habe ich nicht erwartet, schon gar nicht von unserer Line! „Ihr wollt euch von uns trennen?" kann ich nur erschreckt einwerfen. „Nein, das wollen wir nicht", antwortet Toni. „Über eine solche Absicht haben wir zwar gesprochen, doch wir haben sie schnell verworfen. Uns ist bewusst geworden, ihr seid unser Zuhause. Ihr seid unsere Familie. Uns ist klar geworden, wie gut wir es in dieser Familie haben, wie liebevoll ihr mit uns umgeht. Ich meine damit besonders dich, Papa. Du bist zwar nicht unser leiblicher Vater, du bist aber unser richtiger Vater. Wir haben erkannt, einen besseren Vater, bessere Eltern als euch gibt es nicht." Ich sehe, wie Roberts Gesichtsausdruck zwischen Erschrecken und Erstaunen hin- und herpendelt, wie erleichtert er schließlich ist. Mich erstaunt der Rollenwechsel, den Toni und Line einnehmen: die sanftere Pauline gibt sich als die Ernstere, die kritischere Antonia als die Verständigere. Das zeigt mir, sie haben sich ernsthaft ausgetauscht und eine gemeinsame Haltung gefunden. „Wir haben uns entschlossen", fährt Line fort, „euer Verhalten zwar nicht zu billigen, euch aber nicht zu verurteilen. Uns ist bewusst, wir sind noch zu jung und haben noch keine Lebenserfahrung, um ein Verständnis für euer Handeln entwickeln zu können. Das wird sicher noch einige Zeit dauern. Wir möchten euch aber sagen, dass wir glücklich sind, euch als Eltern zu haben und mit euch zusammen in diesem Haus leben zu dürfen."

Nach einer Pause schaltet Robert sich ein. „Es ist schön, dass ihr so denken könnt. Wir Eltern haben euch bisher ein Zuhause geboten, wir möchten das auch in Zukunft tun. Ihr habt jetzt das Abitur in der Tasche. Wisst ihr, was ihr anschließend tun wollt? Line, du hast einmal gesagt, dass du gern Ärztin werden würdest. Und wenn ich mich recht erinnere, wolltest du, Toni, einmal Lehrerin werden." Daran hätte sich nichts Wesentliches geändert, meinen beide. Doch sie wären unsicher, uns Eltern finanziell zumuten zu können, zwei Töchter im Studium zu haben, drei Jahre später womöglich auch noch Flo. Darüber sollten sie sich mal keine Gedanken machen, wirft Robert ein. „Wir Eltern haben keine Bedenken, das nicht schaffen zu können", sagt er. „Und wenn es eng werden sollte, werde ich wieder auf eine volle Stelle gehen", ergänze ich.

„Ich glaube, das wird vorerst nicht nötig sein", meint Line, „mein Zensurenschnitt reicht nicht ganz aus, den numerus clausus für das Medizinstudium zu schaffen. Wenn ich vor Antritt des Studiums eine Ausbildung als Rettungssanitäterin nachweisen kann, wird das aber reichen. Eine solche Ausbildung dauert etwa vier Monate, danach werde ich voraussichtlich so viel Geld verdienen, dass ich keine Unterstützung von euch Eltern benötige. Wenn ich weiter hier bei euch wohnen darf, werde ich sogar so viel zurücklegen können, dass ich den Anfang meines Medizinstudiums selbst bezahlen kann. Und später kann ich neben dem Studium als Aushilfskraft bei den Sanitätern vielleicht noch dazu verdienen." Pauline, das Prachtkind, denkt mit, geht es mir durch den Kopf. Ich sage ihr, auch dann, wenn das so nicht klappen sollte: sie könne immer mit der Unterstützung durch uns Eltern rechnen.

Als ich sehe, wie traurig Toni nach dieser Einlassung ihrer Schwester ist, setze ich mich zu ihr. Ich weiß, wie ihr zumute ist. Beim Studium auf das Lehramt gibt es keine vergleichbare Möglichkeit eines Vorläuferpraktikums und der späteren

Chance eines Zuverdienstes während des Studiums. Dafür wäre die Dauer des Studiums im Fall der Ausbildung zur Grundschullehrerin kürzer. Das vermag sie wieder zu trösten. Bei der Frage, an welcher Hochschule sie ihr Pädagogikstudium absolvieren will, rät Robert ihr, einen Studienplatz an einem anderen Ort zu wählen. Auf ihre Frage, warum, meint er, sie solle sich mit dieser Frage an mich wenden. „Ich gehe jetzt zu Flo, bevor der sich verlassen und vergessen fühlt", sagt er.

Die nächste halbe Stunde vor dem Zubettgehen sitze ich noch mit den Zwillingen zusammen. Ich versuche, zu erfahren, wie tief die Wirkung der Eröffnung unseres Familiengeheimnisses bei ihnen greift. Dass sie enttäuscht und empört sind, kann ich gut verstehen. Mir wäre das nicht anders ergangen, hätte ich so etwas von meinen Eltern erfahren. Im Gegenteil, ich hätte sofort meine Sachen gepackt und wäre ausgezogen! Ich habe ja schon Geld verdient. Die Zwillinge finden andere Verhältnisse vor. Sie sind zu zweit, stets ist einer da, mit dem der andere sich nicht nur sehr eng verbunden fühlt, sie können sich auch jederzeit austauschen und beraten, im Ernstfall brauchen sie niemanden sonst. Ich sage ihnen, sie müssen mir nicht mitteilen, wie ausführlich sie ihre Familiensituation besprochen haben. Ich würde nur gern wissen, was dabei herausgekommen ist. „Mama", sagt Toni, „wir haben dem, was wir eben gesagt haben, als Papa noch dabei war, nichts hinzuzufügen. Ich glaube, du wirst verstehen, wenn wir euch Eltern jetzt mit anderen Augen ansehen. Du wirst verstehen, dass es noch eine

Weile dauern wird, bis wir unser Gefühlsleben wieder auf die Reihe gebracht haben. Eines aber können wir jetzt schon mit Bestimmtheit sagen: Für uns seid ihr immer die besten Eltern der Welt gewesen. Line und ich wünschen uns, dass das auch in Zukunft so bleibt."

Ich muss zweimal tief durchatmen. „Ihr seid nicht nur meine Kinder, ihr seid auch Papas Kinder. Bitte glaubt mir das. Seit eurer Geburt liebt euer Papa euch, als wäret ihr beiden seine leiblichen Töchter und Flo sein leiblicher Sohn. Er beabsichtigt nicht, euch eine Frage zu stellen, die ich euch aber stellen kann: Wollt ihr wissen, wer euer biologischer Vater ist? Wie er heißt, wo er lebt, und was für ein Mensch er ist?" Nach einer Pause ergreift Pauline das Wort. „Mama, über diese Frage haben wir fast am längsten nachgedacht. Wie mag unser leiblicher Vater sein? Ob er uns wohl leiden könnte? Oder ob wir ihm immer fremd sein werden? Mama, wir wissen nichts über ihn. Wir haben uns entschieden, auch in nächster Zukunft nichts über ihn wissen zu wollen. In ferner Zukunft werden wir vielleicht einmal nachfragen, von welchem Menschen wir die andere Hälfte unserer Gene mitbekommen haben. Doch jetzt sind wir trotz der aufwühlenden Neuigkeiten glücklich, mit dir und mit Papa in einer Familie zu leben."

Antonia liegt noch etwas auf dem Herzen. „Mama, Papa ist gerade bei Flo, damit wir reden können. Flo weiß noch nichts. Darf ich dich fragen, welchen biologischen Vater er hat? Ist es derselbe wie unser leiblicher Vater?" Mir ist klar, mich dieser Frage irgendwann stellen zu müssen, dennoch fühle ich mich überrascht. „Toni und Line, Papa und ich sind euch dankbar, eurem Bruder Florian noch nichts über seine Herkunft berichtet zu haben. Wir bitten euch, das auch in den nächsten zwei, drei Jahren so zu halten. Wie bei euch soll auch Flo erst dann von uns informiert werden, wenn er volljährig ist. Dann kann er entscheiden, ob er bei uns bleiben oder bei seinem biologischen Vater leben will. Denn sein leiblicher Vater ist nicht derselbe wie eurer. Das könnt ihr euch sicher auch denken, denn Flo ist in vielen seiner Eigenschaften anders als ihr. Papa und ich bitten euch, nehmt ihn so hin, wie er ist." „Wir haben uns nicht immer gut mit ihm verstanden, Mama", sagt Line, „doch er scheint sehr intelligent zu sein. Was er da mit seinen Computern alles anstellt, kann ich nur bewundern!" „Danke für euer Verständnis, Line."

Vor dem Einschlafen berichte ich Robert vom letzten Gespräch mit unseren Töchtern. „Ich glaube, sie haben sich entschieden, bei uns bleiben zu wollen. Sie haben deutlich gemacht, dass es ihnen nicht leicht fällt, Verständnis für unser Verhalten zu haben. Dabei meinen sie besonders mich und meine Entscheidung zum Ehebruch. Das kann ich aber aushalten, ich bin ihre leibliche Mutter, zu mir haben sie eine emotionale Bindung. Für dich haben sie mehr übrig, du bist in ihren Augen der eigentlich Leidtragende. Robert, mir ist diese Haltung unserer Töchter lieber. Umgekehrt wäre es für mich schlimmer.

Wir haben auch kurz über Flo gesprochen. Unsere Töchter akzeptieren seine Leidenschaft für Computer und alles Technische drum herum." „Ich habe Florian gesagt, dass es seine Mutter und mich gefreut hat, wie er sich am Entlassungstag seiner Schwestern und beim letzten Spieleabend verhalten hat. Weißt du, was ich da zum ersten Mal bewusst gesehen habe? Wie ein Lächeln über sein Gesicht gegangen ist. Ich glaube, er nimmt sich unsere Kritik zu Herzen." „Hat er irgendeine Bemerkung oder Frage zu seinem anders Sein gehabt?" „Nein. Unsere Töchter haben sich nichts anmerken lassen. Ich denke, es wird reichen, ihn nach seinem achtzehnten Geburtstag über seine Herkunft aufzuklären. Paula, ich glaube, wir brauchen uns keine großen Sorgen zu machen, wenn er keinen richtigen Freund findet. Ahnst du, was er mir sogar verraten hat? Er hätte sich in ein Mädchen aus einer Klasse unter seiner verguckt. Er hat mich sogar gefragt, wie wir, du und ich, uns kennen gelernt haben. Ich glaube, eines Tages wird er auch zu dir kommen." Diese Nacht heute ist eine der Nächte, in denen ich nach dem Gute-Nacht-Kuss beruhigt einschlafen kann.

Out

Mir kommt jenes Treffen neulich mit den befreundeten Ehepaaren in den Sinn, bei dem es um jene berüchtigten

„Warum"-Fragen gegangen ist. Warum haben Robert und ich dieses Schicksal erleben müssen? Warum haben wir erst in einem Sein leben dürfen? Einem Sein, das wir als vollkommen und als Gestaltung unserer Zukunft empfunden haben. Warum haben wir uns dann in ein Schein fügen müssen? Ein Schein, das wir so niemals gewünscht haben, das aber nach außen unser Sein werden musste? ‚Die Wege des Schicksals sind unergründlich' lese ich oft in Romanen, eine Aussage, die ich früher nicht verstanden habe. Wenn ich mich recht erinnere, haben Robert und ich uns diese Warum-Fragen nie gestellt. Robert nicht, weil er als Naturwissenschaftler weiß, dass solche Fragen nicht beantwortet werden können. Ich nicht, weil ich solche Fragen nicht gemocht habe. Meine Eltern haben nie davon berichtet, dass ich als Kind für solche Fragen bekannt gewesen bin. Ich habe diese Fragen nicht deshalb vermieden, weil ich nicht neugierig gewesen bin. Ganz im Gegenteil! Ich habe mich darauf verlassen, dass es eines Tages auf solche Fragen wie „Warum ist der Himmel blau?" eine Antwort geben wird. Und jetzt diese Frage, warum Robert und ich dieses Schicksal erleben mussten. Eine Antwort auf diese Frage werde ich wohl nie finden. Vielleicht wird es keine geben, vielleicht werde ich einmal mehrere Antworten kennen.

Außer unseren Kindern wird niemandem unser Familiengeheimnis bekannt sein. Ich glaube auch nicht, dass eines von den Kindern dieses Geheimnis jemals ausplaudern wird. Jedenfalls nicht, solange wir Eltern noch leben. Das Schicksal hat Robert und mir einen Weg gewiesen, der uns ein tiefes Maß an Gemeinsamkeit und gemeinsamer Verantwortung gegeben hat. Der uns Entscheidungen abverlangt hat, die für die meisten anderen Beziehungen deren Ende bedeutet hätten. Einen Weg, der uns stattdessen wunderbar stark aneinander gebunden hat. Zu einem kritischen Zeitpunkt habe ich mich entschieden, die Zügel zu ergreifen – und in Robert einen Menschen gefunden, der zu diesem Schicksalsspiel bereit gewesen ist. Einen Menschen, den ich liebe wie sonst keinen auf dieser Welt. Einen Mann, der mir zu jeder Zeit alles gibt, was ich mir als Frau und Geliebte wünschen kann. Einen Vater meiner Kinder, wie ich mir keinen besseren vorstellen kann. Einen Partner, der bereit ist, für unsere Kinder, die nicht seine leiblichen Kinder sind, jedes materielle Opfer zu bringen. Einen Geliebten, der mir versichert, nicht unser Geheimnis sei das, was unsere Beziehung am Leben hält, sondern ich sei es, ich und meine Liebe zu ihm. „Paula, du bist die unglaublichste Frau, die ich kenne. Dass du mich angenommen hast, dass du bei mir geblieben bist und dass du mich liebst, ist mein größtes Glück." Das sagt er immer wieder.

Ich werfe einen Blick in die Zukunft und stelle mir vor, ich bin achtzig Jahre alt und blicke auf mein Leben zurück. Was werde ich dann sehen? Wie wird mir das erscheinen, was mich jetzt noch zum Nachdenken bringt, was mir jetzt noch Kummer bereitet wie die kommende Aufklärung unseres Sohnes? Oder etliche Jahre zuvor: wie ich meine Entscheidung zum mehrfachen Ehebruch sehen werde? Oder noch davor: wie meine Entscheidung, bei Robert zu bleiben, obwohl ich keine Kinder von ihm bekommen konnte? Nachdem ich Robert kennen und lieben gelernt hatte, ist meine Zukunft durch zwei Lebensziele beherrscht gewesen: ein Leben mit ihm als wunderbarem Geliebten und mit ihm als Vater meiner vielen Kinder. Ich habe mir damals nichts Anderes vorstellen können. Die Diagnose, er kann keine Kinder zeugen, hat nicht nur ihm den Boden unter den Füßen weggezogen! Auch für mich ist ein Lebenstraum geplatzt.

Was wäre gewesen, hätte ich mich entschieden, nach dieser Diagnose sein Angebot anzunehmen, mich von ihm zu trennen, um meinen Lebenstraum mit einem anderen Mann zu verwirklichen? Ob mich das glücklicher hätte werden lassen? Ich weiß, ich habe mich damals entschieden, bei ihm zu bleiben – ich habe ihn geliebt und mir nichts anderes vorstellen können. Ich erinnere mich, wie wir darüber gesprochen haben, unsere Beziehung sei wichtiger als unser beider Lebenstraum, viele Kinder zu haben. Sein Opfer als jemand, der aus einer wunderbaren Familie mit einer prächtigen Kinderschar stammt, ist bestimmt größer gewesen als mein Opfer, auf Kinder zu verzichten. Damals wie auch jetzt darüber nachzudenken, was gewesen wäre, meinen Lebenstraum einer Kinderschar mit einem anderen Mann zu verwirklichen, ist nichts anderes als ein intellektuelles Gedankenspiel. Einen solchen Menschen wie

Robert, einen solchen Geliebten, einen solchen Vater, wie sich später gezeigt hat, hätte ich niemals gefunden!

Und dann habe ich mich auf ein Schicksalsspiel eingelassen, ein Schicksalsspiel, das unsere Beziehung erhalten und uns zugleich drei Kinder beschert hat. Ob ich mich jetzt im Alter von sechsundvierzig Jahren noch einmal für ein solches Schicksalsspiel entscheiden könnte, weiß ich nicht. Als ich jene Entscheidung zum ersten Ehebruch getroffen habe, bin ich noch jung gewesen, erst vierundzwanzig Jahre alt. Ich habe mich stark gefühlt und bin der Überzeugung gewesen, mit Robert zusammen alle Probleme meistern zu können. Jetzt viele Jahre später zu sagen, der Erfolg rechtfertigt die Mittel, steht mir nicht zu. Das Schicksalsspiel hätte auch ganz anders ausgehen können! Robert hätte mir die Ehebrüche nicht verzeihen können; meine von anderen Männern abstammenden Kinder hätten Eigenschaften mitgebracht, die unsere Beziehung zu einer Hölle hätten werde lassen. Wie würde ich dann meine Entscheidung sehen? Hätte ich besser getan, meine Kinder statt durch Ehebrüche durch anonyme Samenspenden zu bekommen? Dieses Lotteriespiel hätte uns Kinder mit noch ganz anderen Problemen bescheren können als die, die unser Flo hat. Ich denke, bei aller berechtigten Kritik an meinem Verhalten habe ich, haben Robert und ich Glück gehabt.

Ist es ein glückliches Leben gewesen, wenn ich mit achtzig auf mein Leben zurückblicke? Ich glaube, ich werde diese Frage mit ja beantworten. Robert ist nach einem erfolgreichen Berufsleben als Wissenschaftler und Geologe hochgeehrt vor einigen Jahren verstorben. Das Glück mit ihm fehlt mir so sehr, dass ich nichts dagegen hätte, wenn der Schicksalslenker dort oben meint, ihm bald zu folgen. Die Zwillinge Toni und Line haben ihre Berufsziele erreicht, sind glücklich verheiratet und haben uns eine große Schar Enkelkinder geschenkt, Enkelkinder, die gern jene Warum-Fragen stellen, über die Robert und ich uns oft amüsiert haben. Flo ist ein erfolgreicher Systemanalytiker im IT-Bereich geworden. Er ist unverheiratet geblieben, lebt aber mit einer Partnerin zusammen, mit der er ein kleines, aber erfolgreiches Unternehmen führt. Bei unserem letzten Familientreffen anlässlich meines achtzigsten Geburtstages hat sich eine Gelegenheit ergeben, bei der meine engste Familie, Toni, Line, Flo und ich eine Weile ungestört beieinander sitzen konnten. Wir haben auch über Robert und über unser Familiengeheimnis gesprochen. Sie hätten es gewahrt, haben meine Kinder berichtet. Auf meine Frage, wie sie zu ihren biologischen Vätern stehen, haben sie geantwortet, die würden sie nicht interessieren. Bei der Frage, wie sie zu ihrem verstorbenen Papa stehen, haben sie unisono gesagt, er wäre der beste Vater gewesen, den sie sich denken können. Ich glaube, Robert und ich haben nicht nur eine wunderbare Beziehung gehabt, wir haben auch ganz viel richtig gemacht.

Anhang

Mia fragt

Oder: Warum Warum-Fragen im Nirgendwo enden.

Mia, die eigentlich Emilia heißt, ist ein aufgewecktes Kind von fünf Jahren, genauer von bald sechs Jahren, wie sie gern korrigiert. Nach einem Sonntagsfrühstück mit ihren Eltern ist es passiert: sie darf ins Wohnzimmer zum Spielen, während ihr Papa den Tisch abräumt und das Frühstücksgeschirr zu Mama in die Küche bringt. Plötzlich gibt es ein lautes Klirren und Geschepper. Mia rennt schnell in die Küche.

„Was ist los?"

„Mir ist ein Teller heruntergefallen", ruft Papa.

„Raus mit euch beiden", schimpft Mama, „ich muss die Scherben aufkehren".

Mia und ihr Papa flüchten ins Wohnzimmer. Ganz aufgeregt fragt Mia:

„Papa, warum ist der Teller kaputt gegangen?"

„Er ist mir aus der Hand geflutscht und heruntergefallen."

„Und warum ist er heruntergefallen?"

„Weil er schwer ist und ein Gewicht hat."

„Warum hat unser Teller ein Gewicht?"

„Weil er von der Erde angezogen wird."

„Und warum wird er von der Erde angezogen?"

Papa ahnt es: schon wieder geht die Warumfragerei los. Mit folgender Antwort denkt er, die Sache zu einem Ende zu bringen.

„Dass die Erde schwere Körper anzieht, merkst du beim Hüpfen. Jedes Mal, wenn du hochspringst, fällst du gleich wieder herunter. Das kommt daher, dass du von der Erde unter dir angezogen wirst."

Über Mias Nase bildet sich eine Falte. Offenbar bemerkt sie, dass Papa ihre Frage gar nicht beantwortet hat. Deshalb fragt sie erneut:

„Aber warum werde ich beim Hüpfen von der Erde angezogen?"

Papa, der durchaus Ahnung von Physik hat, überlegt kurz, wie es jetzt weitergehen könnte.

„Pass mal auf, Mia. Ich nenne dir jetzt einen Fachbegriff, mit dem deine Frage beantwortet werden kann. Er heißt Gravitation. Manche sagen auch Schwerkraft dazu. Doch das

Wort Gravitation beschreibt die Sache allgemeiner, denn dieselbe Art Anziehung wie beim Hüpfen gibt es auch zwischen Erde und Mond oder Erde und Sonne."

Mia grübelt eine Weile.

„Könnte ich auch auf dem Mond hüpfen?"

„Ja, aber nicht auf der Sonne. Warum dort nicht?" Mit diesem Warum will Papa sich für die Warumfragerei seiner Tochter revanchieren. Doch ihre Antwort kommt prompt.

„Das geht gar nicht, weil es dort viel zu heiß ist!" ruft Mia. Geschafft, denkt Papa. Doch sie hat keineswegs vor, locker zu lassen und fragt weiter.

„Papa, warum gibt es diese Gra – Gra – diese Gravitation?"

So allmählich wird es Papa warm. Du lieber Gott, wie sag ichs meinem Kinde, denkt er.

„Ich will dir dazu etwas erzählen. Über diese Frage hat der der wohl berühmteste Naturwissenschaftler, der jemals gelebt hat, nachgedacht, ein gewisser Albert Einstein. Der ist aber schon gestorben, deshalb kannst du ihm diese Frage nicht mehr selber stellen."

„Und was hat dieser Albert Einstein über die Gravitation herausbekommen?"

Papa wird es immer wärmer. Fragen hat das Kind! Ich muss irgendeine Antwort finden, denkt er.

„Hör mal genau zu, Mia. Du weißt ja, dass dann, wenn es dunkel ist und keine Wolken über dir sind, viele Lichtpunkte am schwarzen Himmel zu sehen sind. Und du weißt auch, diese Leuchtpunkte sind Sterne ähnlich wie unsere Sonne, nur viel weiter weg. Alle Sterne befinden sich in einem großen, großen Raum, den man Weltall oder Universum nennt. Einstein hat herausgefunden, dass dieser Raum gekrümmt ist."

„Papa, was ist das, gekrümmt?" wird er von Mia unterbrochen.

„Gekrümmt ist so etwas Ähnliches wie gebogen."

„Wie mein langes Lineal, das ich biegen kann?"

„Ja, du musst dir das im Weltraum anders vorstellen. Einstein hat nämlich entdeckt, dass ein Lichtstrahl wie der aus deiner Taschenlampe, von dem du glaubst, dass er immer weiter geradeausgeht, ähnlich wie dein biegsames Lineal gebogen werden kann. Weißt du, was das bedeutet? Neulich habe ich dir doch den Polarstern gezeigt. Wenn du ihn siehst, denkst du: er ist genau dort, wo ich ihn sehe, im Norden. Es kann aber sein, dass das gar nicht stimmt, weil er vielleicht ganz woanders ist, weil das Licht von ihm wegen der Krümmung des Raumes unterwegs nämlich gebogen worden ist. Einstein hat herausgefunden, dass die Gravitation mit dieser Krümmung des Raumes zusammenhängt."

Papa macht eine Pause, nicht nur, weil er Mia ansieht, wie es in ihrem Kopf arbeitet, auch, weil er selber nicht so recht weiß, wie das hier weitergehen soll. Bald wird Mia wieder lebendig.

„Papa, warum ist der Raum gekrümmt?"

Jetzt gerät Papa wirklich ins Schwitzen. Was soll ich denn darauf antworten?

„Einstein hat herausgefunden, dass die Krümmung des Raumes durch die in diesem Raum vorhandenen Sterne verursacht wird. Denn diese Sterne haben eine Eigenschaft, die man Masse nennt. Wenn du einen kleinen und einen großen Stein in die Hände nimmst, merkst du, dass sie auch verschieden große Massen haben. Gegenüber einem Stein hat die ganze Erdkugel schon eine riesige Masse. Aber noch viel, sehr viel größer sind die Massen der Sterne. Und diese riesengroßen Massen krümmen den Weltraum."

Wieder versinkt Mia in längeres Nachdenken. Der Teller ist heruntergefallen, weil er von der Erde angezogen wird. Diese Anziehung nennt man Gravitation. Diese Gravitation hat etwas mit der Krümmung des Raumes zu tun. Die Krümmung des Raumes wird von den Massen der Sterne verursacht ...

„Papa, warum gibt es die Massen der Sterne?"

„Weißt du, vor sehr, sehr vielen Jahren hat irgendwo eine riesengroße Explosion stattgefunden, eine Explosion, die man Urknall nennt. Da sind alle Massen entstanden, die sich im Weltraum befinden."

„War die Explosion schlimm?"

„Sehr schlimm, viel schlimmer, als wir uns das vorstellen können."

„Aber warum hat es eine so schlimme Explosion gegeben?"

Ich habe absolut keine Ahnung, denkt Mias Papa und antwortet:

„Weil es die Naturgesetze gibt."

„Und warum gibt es die Naturgesetze?"

Nun ist Papa am Ende seiner Weisheit und ihm fällt nur noch eine Antwort ein:

„Die hat der liebe Gott gemacht."

Nach einer Weile hellt sich Mias Gesicht auf, und mit einem Strahlen stellt sie fest:

„Der liebe Gott ist also schuld, dass unser Teller kaputt gegangen ist!"

Felicitas 2011: Portrait ihres Opas

Zum Autor:

Rinus Ritter ist nicht mehr der Jüngste. Er hat in seinem Leben so manche Schramme abbekommen. Er hat aber auch wunderbare Zeiten erlebt. Seine Bücher berichten über viele dieser Lebensabschnitte. Wahrheit oder Dichtung? Für den Leser außerhalb seiner Familie und seines Freundeskreises wird das wenig Bedeutung haben. Lesern, die ihn kennen, werden sicher viele Begebenheiten bekannt vorkommen. Im vorliegenden Buch „Sein und Schein" ist neben ein bisschen Wahrheit eine gehörige Portion Dichtung vorhanden. Manchmal muss man die Wirklichkeit zurechtbiegen, um eine vielleicht gute Geschichte daraus zu machen.

Rinus Ritter
ERINNERUNGEN AN ANNA
BoD, 391 S., € 17,00
ISBN 978-3-7578-7274-8

Diese Erinnerungen sind eine Liebeserklärung und zugleich eine Lebensgeschichte: sechsundfünfzig Jahre meines Lebens mit Anna, die der Zufall mir beschert und das Schicksal mir genommen hat. Ich erzähle von einem Leben in guten, aber auch in schlimmen Zeiten. Immer jedoch von einem Leben voller Zuwendung, Liebe und Erfüllung. Was mir bleibt, ist an Anna als jenen wunderbaren und einzigartigen Menschen zu erinnern, der sie für mich, aber auch für andere gewesen ist. Nie ist mir ein liebenswerterer Mensch begegnet.

Rinus Ritter
LEBENSERFAHRUNGEN
BoD, 198 S., € 12,00
ISBN 978-3-7578-7275-5

Es hat ein Leben mit allen Höhen und Tiefen gebraucht, um diese Erfahrungen zu verfassen. Erfahrungen, in denen es um das größte Glück geht, das man erleben kann: die Liebe. Aber auch um großes Leid, das das Schicksal dann bereithält, wenn man es nicht erwartet. Leben und Sterben – zwischen diesen beiden Polen hat ein Leben stattgefunden, das man je nach Standpunkt als schicksalhaft schrecklich oder als himmlisch schön empfinden kann. Das Schöne dieser Erfahrungen sei zur Nachahmung empfohlen, das Schreckliche nur zum Hinnehmen.

Rinus Ritter
FRÜHER
BoD, 213 S., € 11,00
ISBN 978-3-7583-5980-4

Rinus Ritter
SAAT DES ZWEIFELS
BoD, 210 Seiten, € 10,99
ISBN 978-3-7583-3405-4

Doris und Tobias begegnen sich zweimal in ihrem Leben. Beim ersten Mal sind sie noch sehr jung: Doris ist erst fünfzehn, muss aber bald erfahren, wie tief ihre Gefühle sind; Tobias ist siebzehn, er ist der ernstere Typ. Sie erleben ein gemeinsames Jahr erwachender Liebe, bevor sie sich trennen müssen. Dreißig Jahre später begegnen sie sich wieder. Sie haben beide eine Ehe hinter sich, in der sie unterschiedliche Erfahrungen machen mussten. Sich wieder zu finden, aus der alten eine neue Liebe werden zu lassen, ist nicht so einfach, wie Doris sich das gedacht hat.

Als Götz die Buchhandlung verlässt, macht er eine Beobachtung, die seine Beziehung zu Lisa ein zweites Mal in Gefahr zu bringen droht: der Zweifel. Während er sich fragt, ob er vergessen hat, wie Lisa ist, während er beim Zweifel des Wissenschaftlers Rat sucht, entwickeln sich die Dinge in einer Weise, die zu einer handfesten Krise in ihrer Beziehung wird. Zweifel auf beiden Seiten führen dann zu Ausbrüchen aus ihrer Beziehung, zu Seitensprüngen, die für andere Paare das Ende ihrer Beziehung bedeuten. Auch für Lisa und Götz? In Rückbesinnungen stellen sie ihre bisherige Beziehung auf den Prüfstand.